शरतचन्द्र चट्टोपाध्याय
(1876-1938)

देवदास, परिणीता, शेष प्रश्न, चरित्रहीन जैसे अमर उपन्यासों के लेखक शरतचन्द्र चट्टोपाध्याय का जन्म पश्चिम बंगाल में हुगली ज़िले के एक छोटे से गाँव में 1876 में हुआ था। उनके पिता का कोई आर्थिक संबल नहीं था – वह अपना समय अधूरे किस्से-कहानियाँ लिखने में लगाते। पिता की गरीबी के कारण शरतचन्द्र स्कूल में आगे पढ़ाई न कर सके। साहित्य के प्रति लगाव उन्हें विरासत में मिला। छोटी उम्र में ही वे कहानियाँ लिखने लगे। काम की तलाश में वे बर्मा चले गये जहाँ कई वर्षों तक रहे। 1916 में कलकत्ता के पास हावड़ा में आकर बस गये और अपना पूरा समय लेखन में ही देना शुरू किया और उनकी पहचान एक लेखक के रूप में होने लगी। उस समय स्वतन्त्रता आन्दोलन गति पकड़ रहा था और बंगाल में कई समाज सुधार अभियान भी अपनी चरम सीमा पर थे, जिनकी झलक लेखक के उपन्यासों, कहानियों और निबन्धों में मिलती है। समाज से जुड़े जिन सरोकारों को शरतचन्द्र ने अपने लेखन में उजागर किया –उनसे आज भी हम जूझ रहे हैं और शायद इस वजह से उनकी कृतियों का आकर्षण आज भी बरकरार है।

देवदास

शरत्चन्द्र चट्टोपाध्याय

दीक्षा भारती

ISBN : 9788174831767

प्रथम संस्करण : 2016 © शिक्षा भारती

DEVDAS *(Novel)* by Sharatchandra Chattopadhyay

शिक्षा भारती

मदरसा रोड, कश्मीरी गेट-दिल्ली-6

फोनः 011-23869812, 23865483, फैक्सः 011-23867791

पहला परिच्छेद

वैशाख की एक दोपहरी में जब चिलचिलाती धूप का कोई अन्त नहीं था और गरमी की कोई हद नहीं थी, मुकर्जी-कुल का देवदास ठीक उसी समय पाठशाला के कमरे के कोने में एक फटी हुई चटाई के ऊपर बैठकर स्लेट हाथ में लिये हुए कभी आँखें खोलता, कभी मूँदता और कभी पैर फैला कर जँभाई ले रहा था। आखिरकार वह गहरी सोच में डूब गया और पल भर में ही उसने तय किया कि ऐसी परम रमणीय बेला में पाठशाला के अन्दर बन्द होकर घुटते रहना किसी काम का नहीं। इसके बदले तो खुले आसमान के नीचे पतंग उड़ाते हुए चारों तरफ घूमने-फिरने से बेहतर और क्या होगा। इस खयाल के आते ही उसके उर्वर मस्तिष्क में इसका एक उपाय भी सूझ गया। वह हाथ में स्लेट लिये उठ खड़ा हुआ।

पाठशाला में उसी समय टिफिन की छुट्टी हुई थी। बच्चों का झुण्ड तरह-तरह की उछल-कूद और शोर-गुल करता हुआ पास ही बरगद के पेड़ के नीचे गुल्ली-डंडा खेल रहा था। देवदास ने एक बार उस तरफ देखा। उसे टिफिन की छुट्टी नहीं मिला करती थी, क्योंकि गोविन्द पंडित कई बार देख चुके थे कि जब वह पाठशाला के बाहर निकल जाता है, तब फिर लौट कर आना पसन्द नहीं करता। उसके पिता ने भी इस बारे में मना कर रखा था। अनेक कारणों से यही तय हुआ था कि छुट्टी के समय वह कक्षा के मुख्य छात्र भोलू की देख-रेख में रहा करेगा।

इस समय कमरे में केवल पंडित जी दुपहरिया के आलस्य में आँखें बन्द किये हुए सो रहे थे और पाठशाला का मुख्य छात्र भोलू एक कोने में हाथ-पैर टूटी एक बेंच पर छोटा-मोटा पंडित बना हुआ बैठा था। बीच-बीच में बड़े अनमनेपन से वह कभी तो लड़कों का खेल देखता था और कभी देवदास और पार्वती पर अलसायी निगाह डाल लेता था। पार्वती लगभग महीने भर पहले गोविन्द पंडित की देख-रेख में पढ़ने आई है। पंडित जी ने सम्भवत: इस थोड़े से समय में ही उसका खूब मनोरंजन किया था, इसीलिए वह सोये हुए पंडित जी का चित्र खूब मन लगा कर और अत्यन्त धैर्यपूर्वक पाठ्य-पुस्तक 'बोधोदय' के अन्तिम पृष्ठ पर

स्याही से बना रही थी और किसी दक्ष चित्रकार की तरह अनेक प्रकार से यह देख रही थी कि बड़े यत्न से बनाया हुआ वह चित्र अपने आदर्श के साथ कहाँ तक मिल रहा है। यह बात नहीं है कि चित्र अपने आदर्श से कुछ मिल रहा था; लेकिन, पार्वती को इतने में ही पर्याप्त आनन्द और आत्मसन्तोष मिल रहा था।

उसी समय देवदास स्लेट हाथ में लेकर उठ खड़ा हुआ और उसने भोलू से ऊँची आवाज़ में कहा—‘‘हिसाब नहीं हो रहा है ?’’

भोलू ने खूब शान्त और गम्भीर मुँह बना कर कहा, ‘‘कौन-सा हिसाब ?’’

‘‘मन-सेर-छटाँक।’’

‘‘लाओ, ज़रा स्लेट देखूँ।’’

भाव यह कि उसके सामने इस तरह के कामों के लिए स्लेट के पहुँचने-भर की ही देर होती है। देवदास उसके हाथ में स्लेट दे कर पास ही खड़ा हो गया। भोलू ज़ोर-ज़ोर से बोल कर लिखने लगा—‘एक मन तेल का दाम चौदह रुपये नौ आने तीन पाई हो, तो— ’

ठीक उसी समय एक घटना हो गई। जिस हाथ-पैर-टूटी बेंच को पाठशाला का यह प्रमुख छात्र अपने पद और मर्यादा के योग्य आसन समझ कर यथानियम आज तीन बरसों से रोज़ बैठने के लिए इस्तेमाल करता आ रहा है, उसके पीछे ढेर सारे चूने का एक ढेर लगा हुआ था। उसे पंडित जी ने न जाने कब और किस युग में सस्ते दामों खरीदा था। उनका इरादा था कि जब कभी अच्छे दिन आयेंगे, तब इससे एक कमरा और दलान बनवायेंगे। यह तो नहीं मालूम कि वे शुभ दिन कब आयेंगे; लेकिन इस सफेद चूने के प्रति उनकी सतर्कता और देखभाल में कभी कोई कमी नहीं होती थी। संसार से अनभिज्ञ और परिणाम से अपरिचित कोई आश्रित बालक इस चूने का एक कण भी नष्ट न करने पाये, इसके लिए उनके प्रिय पात्र तथा अपेक्षाकृत वयस्क भोलानाथ को इस सयत्न-संचित वस्तु की सावधानी से रक्षा करने का भार मिला था; और वह बेंच के ऊपर बैठ कर उसकी रखवाली करता था।

भोलानाथ लिखा रहा था—‘एक मन तेल का दाम चौदह रुपये नौ आने तीन पाई हो तो, ’ अभी वह यहीं तक पहुँचा था कि अचानक उसके मुँह से निकला— अरे बाप रे ! इसके बाद खूब गुल-गपाड़ा हुआ और पार्वती भी ज़ोर-ज़ोर से चिल्ला कर और तालियाँ बजा-बजा कर ज़मीन पर लोटने लगी। शोर सुन कर तुरन्त ही जागे हुए गोविन्दलाल लाल आँखें किये हुए एकदम से उठ कर खड़े हो गये। उन्होंने देखा कि पेड़ के नीचे लड़कों का दल कतार बाँध कर खूब ही-ही करता हुआ दौड़ रहा है। उसी समय उन्हें यह भी दिखाई दिया कि टूटी हुई बेंच के ऊपर एक जोड़ी पैर नाच-कूद रहे हैं और चूने में जैसे ज्वालामुखी पर्वत फट पड़ा है। वे चिल्ला

उठे—क्या हुआ ? क्या हुआ ? क्या हुआ रे ?

वहाँ कहने के लिए केवल पार्वती ही थी, लेकिन वह उस समय ज़मीन पर लोट रही थी और तालियाँ बजा रही थी। पंडित जी का विफल प्रश्न अब क्रोध के रूप में प्रकट हुआ—क्या हुआ ? क्या हुआ रे ? क्या हुआ ?

इसके जवाब में श्वेत-मूर्ति भोलानाथ चूना हटा कर खड़ा हो गया। पंडित जी ने फिर चिल्ला कर कहा—‘‘बदमाश कहीं का ! तू उसके अन्दर था ?’’

‘‘आँ-आँ-आँ।’’

‘‘फिर वही !’’

‘‘देवा दुष्ट ढकेल कर...आँ-आँ...मन सेर-छटाँक...’’

‘‘फिर वही, बदमाश !’’

लेकिन दूसरे ही क्षण सारी बातें पंडित जी की समझ में आ गईं और उन्होंने चटाई पर बैठ कर पूछा—‘‘देवा तुझे धक्के से गिरा कर भाग गया है ?’’

भोलू और भी ज़ोर से रोने लगा—‘‘आँ-आँ-आँ... ।’’

इसके बाद कुछ देर तक चूने की झाड़-पोंछ हुई। लेकिन सफेद और काले रंग में वह प्रमुख छात्र बहुत कुछ भूत की तरह दिखाई देने लगा और उसका रोना भी बन्द नहीं हुआ।

पंडित जी ने कहा—‘‘मालूम होता है कि देवा तुझे धक्का देकर और गिरा कर भाग गया है ?’’

भोलू ने कहा—‘‘आँ-आँ...’’

पंडित जी ने कहा—‘‘इसका बदला लूँगा।’’

भोलू ने रोना जारी रखा।

पंडित जी ने पूछा—‘‘सब लड़के कहाँ हैं ?’’

इसके बाद लड़कों का दल लाल मुँह किये और हाँफता हुआ लौट आया और बोला—‘‘देवा पकड़ा नहीं गया। वह ईंटें फेंक कर मारता है !’’

‘‘पकड़ा नहीं गया ?’’

एक और लड़का पहली ही बात दोहराने लगा—‘‘वह-ईंटें...’’

‘‘चुप रह !’’

वह थूक गटक कर एक ओर खिसक गया। निष्फल क्रोध में पंडित जी ने सबसे पहले पार्वती को खूब फटकारा और तब भोलानाथ का हाथ पकड़ कर कहा—‘‘चल, ज़रा कचहरी में चल कर मालिक से कह आयें।’’

इसका मतलब यह कि ज़मींदार नारायण मुकर्जी के पास चल कर उनके पुत्र की इस करतूत की फरियाद की जाय।

उस समय तकरीबन तीन बजे थे। नारायण मुकर्जी बाहर बैठ कर हुक्का पी रहे थे और एक नौकर हाथ में पंखा लिये हवा कर रहा था। छात्र सहित पंडित जी के इस असमय आगमन से उन्होंने कुछ विस्मित हो कर कहा—''अरे यह तो गोविन्द पंडित हैं!''

लेकिन गोविन्द जाति के कायस्थ थे, इसलिए उन्होंने पहले तो भूमिष्ठ हो कर प्रणाम किया और फिर भोलू को दिखला कर विस्तारपूर्वक सब बातें कह सुनाईं। मुकर्जी महाशय बहुत ही नाराज़ हुए, बोले—''यही तो मैं देखता हूँ कि देवदास हाथ से बाहर हुआ जा रहा है।''

''अब आप ही हुक्म दें कि मैं क्या करूँ?''

ज़मींदार साहब ने हुक्के की निगाली रख कर कहा—''कहाँ गया है वह?''

''मैं क्या जानूँ! जो लड़के पकड़ने गये थे, उन्हें ईंटें मार-मार कर भगा दिया है।''

दोनों ही आदमी कुछ देर तक चुप रहे। फिर नारायण बाबू ने कहा—''अच्छा, घर आने दो, तब जो कुछ होगा करूँगा।''

गोविन्द अपने विद्यार्थी का हाथ पकड़ कर जब लौट कर पाठशाला में पहुँचे तब उन्होंने अपने चेहरे और आँखों की भाव-भंगिमा से सारी पाठशाला को संत्रस्त कर डाला और प्रतिज्ञा की कि यद्यपि देवदास के पिता यहाँ के ज़मींदार हैं, लेकिन फिर भी मैं उसे पाठशाला में नहीं घुसने दूँगा। उस दिन पाठशाला की छुट्टी कुछ पहले ही हो गयी। चलते समय बालक आपस में तरह-तरह की बातें करने लगे।

एक लड़के ने कहा—''ओफ़! देवा कितना मजबूत है!''

दूसरे लड़के ने कहा—''भोलू को खूब छकाया।''

''ओफ! कैसा ढेला फेंकता है!''

एक और लड़के ने भोलू का पक्ष लेकर कहा—''देख लेना, भोलू भी इसका बदला लेगा!''

''हूँ। वह तो अब पाठशाला में आयेगा नहीं जो उससे कोई बदला ले!''

इस छोटे-से दल के साथ एक ओर पार्वती भी स्लेट और किताब हाथ में लिये हुए घर लौट रही थी। उसने पास के एक लड़के का हाथ पकड़ कर पूछा—''मणि, क्या वे अब देव दा को सचमुच पाठशाला में न आने देंगे?''

मणि ने कहा—''नहीं, किसी तरह नहीं।''

पार्वती खिसक गयी। यह बात उसे बिल्कुल अच्छी नहीं लगी। पार्वती के पिता का नाम था नीलकंठ चक्रवर्ती। चक्रवर्ती महाशय ज़मींदार साहब के पड़ोसी थे। अर्थात् मुकर्जी महाशय का जो बहुत बड़ा मकान था, उसी के पास चक्रवर्ती

महाशय का भी छोटा-सा पुराने ढंग का मकान था। उनके पास दस-पाँच बीघे ज़मीन-जायदाद थी और दो-चार घर यजमान भी थे। ज़मींदार साहब के घर से भी उन्हें कुछ मिल जाता था। उनका परिवार अच्छी तरह से रहता था और उनके दिन मज़े में कटते थे।

पहले धर्मदास के साथ पार्वती की भेंट हुई। वह देवदास के यहाँ का नौकर था। जब देव एक बरस की उम्र का था तब से ले कर आज बारह बरस की उम्र तक वह देवदास के ही साथ है। वही उसे पाठशाला में पहुँचा जाता है और फिर छुट्टी के समय आ कर घर ले जाया करता है। यह काम उसने नियमपूर्वक किया है और आज भी वह इसी काम के लिए पाठशाला की ओर जा रहा था। पार्वती को देख कर उसने पूछा—''क्यों पारो, तुम्हारे देव दा कहाँ हैं ?''

''भाग गये हैं।''

धर्मदास ने बहुत ही चकित होकर पूछा—''भाग गये ? क्या मतलब ?''

उस समय पार्वती भोलानाथ की दुर्दशा की बात करके फिर नये सिरे से हँसने लगी—''देखो धर्मदास, देव दा—ही ही ही ! एक दम चूने के ढेर पर—ही-ही-ही ! हो-हो-हो ! एकदम से उसे चित पटक कर...''

यद्यपि धर्मदास ने सारी बातें अच्छी तरह नहीं समझीं, लेकिन फिर भी पारो को हँसते देख कर वह भी हँस पड़ा। फिर हँसी रोक कर कुछ आग्रहपूर्वक पूछा— ''बताओ पारो, क्या हुआ ?''

''देव दा ने भोलू को धक्का दे कर गिरा दिया चूने के ढेर पर—ही-ही-ही !''

अब धर्मदास ने बाकी बात भी समझ ली और बहुत ही चिन्तित होकर पूछा— ''क्यों पारो, जानती हो कि इस समय वह कहाँ है ?''

''मैं क्या जानूँ !''

''नहीं, तुम जानती हो। बतला दो। जान पड़ता है कि उसे बहुत भूख लगी होगी।''

''हाँ, भूख तो खूब लगी होगी। लेकिन मैं बतलाऊँगी नहीं।''

''बतलाओगी क्यों नहीं ?''

''बतला दूँगी तो वे मुझे बहुत मारेंगे। मैं जा कर उन्हें खाना दे आऊँगी।''

धर्मदास कुछ सन्तुष्ट हुआ। बोला—''अच्छा, दे आना और सन्ध्या से पहले ही उसे बातों में भुला कर घर ले आना।''

''अच्छा ले आऊँगी।''

घर पहुँच कर पार्वती ने देखा कि उसकी माँ ने और देवदास की माँ ने भी

सब बातें सुन ली हैं। उससे भी पूछा गया। हँस कर और गम्भीर हो कर जो कुछ उससे बना, उसने कह सुनाया, इसके बाद उसने अपने आँचल में थोड़ी-सी मूड़ी बाँधी और ज़मींदार के एक आम के बाग में प्रवेश किया। वह बाग उन लोगों के मकान के पास ही था और उसी के एक ओर बाँस का झुरमुट था। वह जानती थी कि छिप कर तमाखू पीने के लिए देवदास ने इसी झुरमुट के भीतर थोड़ी-सी जगह साफ कर रखी है। जब वह भाग कर कहीं छिपना चाहता था तब इसी गुप्त स्थान में चला आता था। भीतर पहुँच कर पार्वती ने देखा कि बाँस के झुरमुट के बीच में देवदास हाथ में एक छोटा हुक्का लिये हुए बैठा है और सयानों की तरह तम्बाकू पी रहा है। उसका चेहरा बहुत गम्भीर है और उस पर चिन्ता-फ़िक्र छायी हुई थी। पार्वती को देख कर वह बहुत खुश हुआ, लेकिन खुशी उसने ज़ाहिर नहीं होने दी। तमाखू पीते हुए उसने गम्भीर भाव से कहा—‘‘आओ पार्वती, बैठो।’’

पार्वती पास आ कर बैठ गई। उसने अपने आँचल में जो कुछ बाँध रखा था, उस पर तुरन्त ही देवदास की दृष्टि पड़ गई। उसने बिना कुछ पूछे ही आँचल खोल लिया और मूड़ी खाना शुरू करके कहा—‘‘क्यों पारो, पंडित जी क्या कहते थे ?’’

‘‘उन्होंने सब बातें जा कर ताऊ जी से कह दी हैं।’’

देवदास ने हुक्का ज़मीन पर रख कर आँखें फाड़ कर पूछा—‘‘बाबू जी से सब बातें कह दीं ?’’

‘‘हाँ।’’

‘‘फिर क्या हुआ ?’’

‘‘अब वे तुम्हें पाठशाला में नहीं आने देंगे।’’

‘‘मैं पढ़ना ही नहीं चाहता।’’

इस बीच वह मूड़ी को खा कर समाप्त कर चुका था। उसने पार्वती की ओर देख कर कहा—‘‘लाओ, सन्देश दो।’’

‘‘सन्देश तो मैं नहीं लाई।’’

‘‘अच्छा तो लाओ, पानी दो।’’

‘‘पानी यहाँ कहाँ मिलेगा ?’’

देवदास ने कुछ बिगड़ कर कहा—‘‘अगर कुछ भी नहीं लाना था तो फिर आयी क्यों ? जाओ, पानी ले आओ।’’

उसका वह स्वर पार्वती को अच्छा नहीं लगा। उसने कहा—‘‘अब मैं नहीं जा सकती। चलो, तुम्हीं चल कर पी लो।’’

‘‘भला अभी क्या मैं जा सकता हूँ ?’’

‘‘तो क्या यहीं रहोगे ?’’

‘‘अभी तो यहीं रहूँगा, फिर कहीं चला जाऊँगा।’’

पार्वती का मन दुखी हो गया। देवदास की परेशानी देख कर और बातें सुन कर उसकी आँखों में जल भर आ रहा था। उसने कहा—‘‘देव दा, मैं भी चलूँगी।’’

‘‘कहाँ ? मेरे साथ ? दुत्! ऐसा कहीं होता है !’’

पार्वती ने सिर हिला कर कहा—‘‘मैं तो चलूँगी ही।’’

‘‘नहीं, तुम्हारे जाने की जरूरत नहीं। जाओ, पहले पानी ले आओ।’’

पार्वती ने फिर सिर हिला कर कहा—‘‘मैं तो चलूँगी।’’

‘‘जाओ, पहले पानी ले आओ।’’

‘‘नहीं, मैं नहीं जाऊँगी। तुम पीछे से भाग जाओगे।’’

‘‘नहीं, मैं नहीं भागूँगा।’’

लेकिन पार्वती उसकी इस बात पर विश्वास नहीं कर सकी, इसलिए वहीं बैठी रही। देवदास ने फिर हुक्म दिया—‘‘जाओ, कह रहा हूँ न !’’

पार्वती चुप रही। इसके बाद उसकी पीठ पर एक घूँसा पड़ा—‘‘जायेगी नहीं ?’’

पार्वती रो पड़ी। उसने कहा—‘‘मैं किसी तरह नहीं जाऊँगी।’’

देवदास एक तरफ चला गया। पार्वती भी वहाँ से रोती हुई उठ कर चल पड़ी और देवदास के पिता के पास पहुँची। मुकर्जी महाशय पार्वती को बहुत चाहते थे। बोले—‘‘क्यों बेटी पारो, तुम रो क्यों रही हो ?’’

‘‘देव दा ने मुझे मारा है।’’

‘‘कहाँ है वह ?’’

‘‘वहीं बगीचे में बाँस की झाड़ी में बैठे हुए तमाखू पी रहे थे।’’

एक तो पंडित जी के आने से वे यों ही चिढ़े बैठे थे, तिस पर इस समाचार ने उन्हें बिल्कुल आग-बबूला कर दिया। उन्होंने पूछा—‘‘देवा शायद फिर तमाखू पीने लगा है ?’’

‘‘हाँ, पीते हैं, रोज पीते हैं। बाँस के झुरमुट में उनका हुक्का छिपाया हुआ है।’’

‘‘तो फिर इतने दिनों से क्यों नहीं कहा ?’’

‘‘मैं डरती थी कि देव दा मुझे मारेंगे।’’

लेकिन असल में बात यह न थी। उसे डर था कि अगर यह बात कह दूँगी तो देवदास को सजा भुगतनी पड़ेगी; और इसलिए उसने पहले कोई बात नहीं कही थी। लेकिन आज गुस्से में आ कर यह बात कह डाली। अभी उसकी उमर सिर्फ

आठ बरस की थी। अभी उसे गुस्सा बहुत था, लेकिन फिर अभी उसमें समझ-बूझ कम न थी। वह घर जा कर बिछौने पर पड़ गयी और रोती-रोती सो गई। उस रात को उसने खाना भी नहीं खाया।

दूसरा परिच्छेद

दूसरे दिन देवदास पर खूब मार पड़ी। दिन-भर उसे घर में बन्द करके रख दिया गया। इसके बाद जब उसकी माँ बहुत रोने-धोने लगी, तब कहीं जा कर देवदास छोड़ा गया। दूसरे दिन सबेरे ही वह घर से भागा-भागा आया और पार्वती के मकान की खिड़की के पास खड़ा हो गया। उसने पुकारा—‘‘पारो, ओ पारो।’’

पार्वती ने खिड़की खोल कर कहा—‘‘देव दा।’’

देवदास ने इशारा करके कहा—‘‘जल्दी आ।’’

जब दोनों इकट्ठा हुए, तब देवदास ने पूछा—‘‘तूने तमाखू पीने की बात क्यों कह दी?’’

‘‘तुमने मुझे मारा क्यों?’’

‘‘तू पानी लाने क्यों नहीं गई?’’

पार्वती चुप रही। देवदास ने कहा—‘‘तू बहुत बेवकूफ है। अच्छा देख, फिर कभी मत कहना।’’

पार्वती ने सिर हिला कर कहा—‘‘अच्छा, नहीं कहूँगी।’’

‘‘अच्छा चल, बाँस-बाड़ी में से बाँस काट लायें। आज ताल पर चल कर मछली पकड़ेंगे।’’

बँसवाड़ी के पास ही नोना का एक पेड़ था। देवदास उसी पर चढ़ गया। बहुत कठिनाई से उसने एक बाँस का सिरा खींच कर उसे नीचे झुकाया और पार्वती को उसे पकड़ने के लिए देते हुए कहा—‘‘देख, इसे छोड़ मत देना, नहीं तो मैं गिर पड़ूँगा।’’

पार्वती अपनी सारी शक्ति लगा कर उसे नीचे की ओर खींचे रही। देवदास उसे पकड़ कर और नोना की एक डाल पर पैर रख कर उसमें से बंसी काटने लगा। पार्वती ने नीचे से कहा—‘‘देव भइया, तुम पाठशाला नहीं चलोगे?’’

‘‘नहीं।’’

‘‘ताऊ जी तुम्हें भेज देंगे।’’

‘‘बाबू जी ने खुद ही कह दिया है, अब मैं वहाँ नहीं पढ़ूँगा। पंडित जी घर पर ही आयेंगे।’’

पार्वती कुछ चिन्तित हुई। कुछ देर बाद बोली—‘‘गरमी के कारण कल से हम लोगों की पाठशाला सबेरे की हो गई है। अब मैं जाऊँगी।’’

देवदास ने ऊपर से आँखें तरेर कहा—‘‘नहीं, जाना नहीं होगा।’’

उस समय पार्वती कुछ अन्यमनस्क-सी हो गई थी। इस बीच में बाँस की डाली कुछ ऊपर उठ गई और साथ ही देवदास भी नोना की डाल से नीचे आ पड़ा। डाल कुछ ज्यादा ऊँची नहीं थी, इसलिए कुछ ज्यादा चोट नहीं आई; लेकिन फिर भी शरीर कई जगह से छिल गया। नीचे आते ही क्रुद्ध देवदास ने एक सूखी डाल उठा कर पार्वती की पीठ पर, गालों पर और जहाँ जी में आया, वहाँ जोर-जोर से कई हाथ जमा कर कहा—‘‘जा, दूर हो यहाँ से!’’

पहले तो पार्वती खुद ही लज्जित हो गई थी, लेकिन जब उस पर लगातार छड़ी-पर-छड़ी पड़ने लगी तब उसने मारे क्रोध और अभिमान के अपनी दोनों आँखें अंगारों की तरह लाल करके रोते हुए कहा—‘‘मैं अभी ताऊ जी के पास जाती हूँ।’’

देवदास ने क्रोध में आ कर एक और हाथ जमाते हुए कहा—‘‘जा, अभी जा कर सब कह दे। मुझे परवाह नहीं है।’’

पार्वती चली गई। कुछ दूर बढ़ जाने पर देवदास ने पुकारा—‘‘पारो!’’

पार्वती ने सुन कर भी नहीं सुना और वह जल्दी-जल्दी आगे बढ़ने लगी। देवदास ने फिर पुकारा—‘‘ओ पारो, जरा सुन जा।’’

पार्वती ने कोई उत्तर नहीं दिया। देवदास ने नाराज होकर कुछ तो ऊँचे स्वर से और कुछ मन-ही-मन कहा—‘‘जा, मर जा!’’

पार्वती चली गई। देवदास ने ज्यों-त्यों करके एक-दो बंसियाँ काट लीं। उसका मन खिन्न हो गया था। पार्वती रोती-रोती घर लौट गई। उसके गालों पर छड़ी का जो दाग पड़ा था, वह नीला होकर फूल उठा था। उस पर पहले दादी की निगाह पड़ी। उसने चिल्ला कर कहा—‘‘बाप रे, पारो, किसने तुझे इस तरह मारा?’’

आँखें पोंछते हुए पार्वती ने कहा—‘‘पंडित जी ने।’’

दादी ने उसे गोद में ले कर बहुत ही गुस्से में कहा—‘‘चल तो जरा, नारायण के पास चल। देखूँ तो सही वह कैसा पंडित है! हाय हाय! लड़की को मार ही डाला था!’’

पार्वती ने दादी के गले से लिपट कर कहा—‘‘चलो।’’

मुकर्जी महाशय के पास पहुँच कर दादी ने पंडित जी के अनेक पुरखों का उल्लेख करके उन्हें भरपूर कोसा और अन्त में खुद गोविन्द को भी ढेरों गालियाँ

दे कर कहा—''नारायण, जरा देखो तो उसकी हिम्मत! शूद्र हो कर ब्राह्मण की लड़की पर हाथ चलाता है! जरा देखो तो उसने कैसा मारा है!''

इतना कह कर वृद्धा पार्वती के गाल पर पड़ा नीला दाग बहुत ही वेदना के साथ दिखलाने लगी।

नारायण बाबू ने पार्वती से पूछा—''पारो, किसने मारा है?''

पार्वती चुप रही। उस समय दादी ही फिर चिल्ला कर बोली—''और कौन मारेगा? उसी गँवार पंडित ने मारा है।''

''क्यों मारा है?''

पार्वती ने फिर भी कोई उत्तर नहीं दिया। मुकर्जी ने समझा कि इसने जरूर कोई अपराध किया है, इसीलिए मार खाई है। लेकिन इस तरह मारना उचित नहीं हुआ। यही बात उन्होंने प्रकट रूप में भी कही। तब पार्वती ने अपनी पीठ भी खोल कर दिखलाई और कहा—''यहाँ भी मारा है।''

पीठ के दाग और भी स्पष्ट, और भी बड़े थे। इसलिए दोनों ही बहुत क्रुद्ध हो गये। मुकर्जी महाशय ने यह राय भी जाहिर की कि पंडित जी को यहाँ बुला कर उनसे कैफियत तलब की जानी चाहिए। यह भी स्थिर हुआ कि ऐसे पंडित के पास लड़कियों को भेजना ठीक नहीं।

यह राय सुन कर पार्वती बहुत प्रसन्न हुई और अपनी दादी की गोद में चढ़ कर घर लौट आई। घर पहुँच कर पार्वती अपनी माँ की जिरह के फेर में पड़ी। वे उसे ले बैठीं—''क्यों मारा है?''

पार्वती ने कहा—''यों ही झूठमूठ मारा है।''

माता ने अच्छी तरह लड़की के कान मल कर कहा—''यों ही झूठमूठ भी कभी कोई मारता है?''

उसी समय उनकी सास दालान में से हो कर जा रही थीं। उन्होंने कमरे की चौखट के पास आ कर कहा—''क्यों बहू, माँ होकर तुम तो इसे झूठमूठ मार सकती हो और वह मुँह-जला नहीं मार सकता?''

बहू ने कहा—''उसने झूठमूठ और अकारण कभी नहीं मारा है। यह बड़ी सीधी है न! इसने जरूर कुछ किया है, तभी मार खाई है।''

सास ने विरक्त होकर कहा—''अच्छा मान लिया, यह सही। लेकिन अब मैं इसे पाठशाला नहीं जाने दूँगी।''

''कुछ लिखना-पढ़ना नहीं सीखेगी?''

''लिखना-पढ़ना सीख कर क्या होगा? एकाध चिट्ठी-पत्री लिखना आ जाय, दो-चार पंक्तियाँ रामायण-महाभारत पढ़ने लग जाय, बस, यही बहुत है।

तुम्हारी पारो क्या जजी करेगी या वकील बनेगी ?''

बहू लाचार हो कर चुप हो रही।

उस दिन शाम को देवदास ने बहुत ही डरते-डरते घर में प्रवेश किया। उसे जरा भी सन्देह नहीं था कि इस बीच पार्वती ने घर पहुँचने पर सारा हाल कह दिया होगा। लेकिन जब उसे अपने अनुमान के सत्य होने का कहीं कुछ भी आभास नहीं मिला, बल्कि उलटे उसने अपनी माँ के मुँह से सुना कि आज गोविन्द पंडित ने पार्वती को बहुत बुरी तरह से मारा है और इसलिए अब वह पाठशाला नहीं जायेगी, तब उसे इतना अधिक आनन्द हुआ कि उससे अच्छी तरह भोजन भी नहीं किया गया। जैसे-तैसे जल्दी-जल्दी कुछ खा-पी कर वह पार्वती के पास पहुँचा और हाँफते-हाँफते बोला—''तू अब पाठशाला नहीं जायेगी ?''

''नहीं।''

''यह कैसे हुआ ?''

''मैंने कह दिया कि पंडित जी ने मारा है।''

देवदास खूब हँसा और उसकी पीठ ठोंक कर उसने अपनी यह राय जाहिर की कि उसके समान बुद्धिमती इस पृथ्वी पर और कोई नहीं है। इसके बाद उसने धीरे-धीरे पार्वती के गाल पर पड़े नीले दाग को बहुत ध्यानपूर्वक देख कर ठंडी साँस लेते हुए कहा—''हाय हाय !''

पार्वती ने कुछ हँस कर और देवदास के मुँह की ओर देख कर पूछा—''क्या हुआ ?''

''क्यों पारो, तुझे बहुत चोट लगी है न ?''

पार्वती ने सिर हिला कर कहा—''हूँ।''

''अहा, तू क्यों ऐसी हरकतें करती है ! इसी से तो मुझे गुस्सा आ जाता है। तभी तो मार बैठता हूँ।''

पार्वती की आँखों में जल भर आया। उसने सोचा पूछूँ कि क्या करूँ; लेकिन वह पूछ नहीं सकी।

देवदास ने उसके सिर पर हाथ रख कर कहा—''देखो, अब ऐसा न करना। अच्छा।''

पार्वती ने सिर हिला कर कहा—''नहीं करूँगी।''

देवदास ने फिर एक बार उसकी पीठ ठोंक कर कहा—''अच्छा, अब मैं तुझे कभी न मारूँगा।''

तीसरा परिच्छेद

दिन पर दिन बीतते चले जाते थे, इन दोनों बालक-बालिका के आमोद की सीमा नहीं थी। दिन भर धूप में घूमते-फिरते, सन्ध्या को घर लौट कर मार खाते। दूसरे दिन सबेरा होते ही भाग जाते और सन्ध्या को फिर डाँट-फटकार और पिटाई का प्रसाद पाते। रात को निश्चिन्त निरुद्वेग सो जाते और फिर सबेरा होता और तब घर से भाग कर खेलते-फिरते। उनका और कोई संगी-साथी नहीं था और न उसकी कोई जरूरत ही थी। गाँव-भर में उपद्रव करते फिरने के लिए दोनों ही काफी थे। उस दिन सूर्योदय होने के कुछ ही देर बाद दोनों ताल पर जा पहुँचे थे। दोपहर को लाल-लाल आँखें करके, सारा जल गँदला करके, पन्द्रह मछलियाँ पकड़ कर और योग्यता के अनुसार आपस में बँटवारा करके दोनों अपने-अपने घर लौट आये। पार्वती की माँ ने अपनी लड़की को बाकायदा ठोंक-पीट कर घर में बन्द कर दिया। लेकिन यह नहीं मालूम कि देवदास का क्या हाल हुआ, क्योंकि इस तरह की बातें वह कभी किसी तरह जाहिर नहीं होने देता था। लेकिन हाँ, जब पार्वती कमरे के अन्दर बैठी हुई खूब रो रही थी, तब देवदास ने दोपहर को दो-ढाई बजे के करीब एक बार उसकी खिड़की के नीचे आ कर बहुत ही कोमल स्वर से पुकारा था— ''पारो, ओ पारो!'' जान पड़ता है कि पार्वती ने उसकी आवाज सुन ली थी, लेकिन रूठ कर उत्तर नहीं दिया था। इसके बाद उसने वह बाकी सारा दिन चम्पे के एक पेड़ पर बैठ कर ही बिता दिया और सन्ध्या के बाद बहुत प्रयत्न करके ही धर्मदास उसे उस पेड़ से नीचे उतार कर घर ले जा सका।

लेकिन यह बात केवल उसी दिन हुई।दूसरे दिन पार्वती सबेरे से ही उत्सुकता से देव दा की प्रतीक्षा करती रही। लेकिन देवदास नहीं आया। वह अपने पिता के साथ पास के गाँव में एक निमन्त्रण में चला गया था। जब देवदास नहीं आया तब पार्वती उदास मन से अकेली ही घर से बाहर निकल पड़ी। कल तालाब में घुसते समय देवदास ने पार्वती को तीन रुपये रखने के लिए दिये थे, इस डर से कि कहीं खो न जायें। उसके आँचल में वही तीन रुपये बँधे हुए थे। उसने आँचल घुमाते हुए और खुद भी घूमते हुए बहुत-सा समय अकेले ही बिता दिया। संगी-साथी कोई मिला नहीं, क्योंकि उन दिनों सबेरे के समय ही पाठशाला खुलती थी। अब पार्वती दूसरे मुहल्ले की ओर चली। वहीं मनोरमा का मकान था। मनोरमा भी पाठशाला में पढ़ती थी। वह उमर में कुछ बड़ी थी, लेकिन पार्वती की सहेली थी। इधर कई दिनों से उससे भेंट नहीं हुई थी। आज समय पा कर पार्वती उसके मुहल्ले में गयी और उसने पुकारा—''मनो, घर में हो ?''

मनोरमा की मौसी बाहर निकल आयी।

''पारो ?''

''हाँ मौसी, मनोरमा कहाँ है ?''

''वह तो पाठशाला गई है। तुम नहीं गयीं ?''

''मैं पाठशाला नहीं जाती। देव दा भी नहीं जाते।''

मनोरमा की मौसी ने हँसते हुए कहा—''तब तो बहुत अच्छी बात है। तुम भी नहीं जातीं और देव दा भी नहीं जाते ?''

''नहीं, हम लोगों में से कोई नहीं जाता।''

''अच्छी बात है। लेकिन मनोरमा पाठशाला गई है।''

मौसी ने उससे बैठने के लिए कहा, लेकिन वह लौट आई। रास्ते में उसने देखा कि रसिक पाल की दुकान के पास तीन वैष्णवी स्त्रियाँ माथे पर तिलक लगाये और हाथ में खँजड़ी लिये भिक्षा माँगने चली जा रही हैं। पुकार कर कहा—''वैष्णवी, तुम गाना जानती हो ?''

उनमें से एक ने उलट कर देखते हुए कहा—''जानती क्यों नहीं बेटी।''

''तब गाओ न।''

इस पर वे तीनों घूम कर खड़ी हो गईं। उनमें से एक ने कहा—''बेटी, गाना क्या यों ही होता है, भिक्षा देनी होती है। तुम्हारे घर पर चल कर गायेंगी।''

''नहीं, यहीं गाओ।''

''पैसे देने होंगे बेटी।''

पार्वती के आँचल में रुपये बँधे हुए देख कर वे दुकान से कुछ दूर जा कर बैठ गईं। इसके बाद खँजड़ी बजा कर और सुर मिला कर तीनों गाने लगीं। पार्वती की समझ में कुछ भी नहीं आया कि क्या गाना था और उसका अर्थ क्या था। अगर वह जानना चाहती तो भी शायद न जान सकती, क्योंकि उसका मन उसी समय देव दा के पास दौड़ गया था।

गाना समाप्त करके उन्होंने कहा—''लाओ बेटी, दो, क्या भिक्षा देती हो।'' पार्वती ने आँचल की गाँठ खोल कर तीन रुपये उनके हाथ में दे दिये। तीनों वैष्णवियाँ अवाक् हो कर कुछ देर तक उसके मुँह की ओर देखती रहीं।

उनमें से एक ने पूछा—''बेटी, ये किसके रुपये हैं ?''

''देव दा के।''

''वे तुम्हें मारेंगे नहीं ?''

पार्वती ने कुछ सोच कर कहा—''नहीं।''

उनमें से एक ने कहा—''जीती रहो बेटी!''

पार्वती ने हँस कर कहा—''तुम तीनों को ठीक-ठीक हिस्सा मिल गया न ?''

तीनों ने सिर हिला कर कहा—''हाँ, मिल गया। राधा रानी तुम्हारा भला करें।''

यह कह कर उन तीनों ने हृदय से उसे आशीर्वाद दिया कि इस दानशील छोटी लड़की को कोई सजा न मिले। पार्वती उस दिन जल्दी ही घर लौट आई। दूसरे दिन सबेरे ही देवदास के साथ उसकी भेंट हुई। उसके हाथ में एक लटाई तो थी, लेकिन पतंग नहीं थी। पतंग उसे खरीदनी थी। पार्वती को अपने पास देख कर उसने कहा—''पारो, लाओ वे रुपये दो।''

पार्वती का मुँह सूख गया—''रुपये तो नहीं हैं।''

''क्या हुए ?''

''वैष्णवियों को दे दिये। उन्होंने गाना गाया था।''

''सब रुपये दे दिये ?''

''हाँ सब। तीन ही तो रुपये थे।''

''दुत गधी, क्या सब रुपये दे देने होते हैं ?''

''वाह, तीन वैष्णवियाँ जो थीं ! अगर तीन रुपये न देती तो उन तीनों का हिस्सा किस तरह लगता ?''

देवदास ने गम्भीर हो कर कहा—''अगर मैं होता तो दो ही रुपये देता।''

यह कह कर देवदास ने लटाई की डण्डी की नोक से जमीन पर कुछ अंकों के चिन्ह बनाते हुए कहा—''उस हालत में उन तीनों में हर एक को दस आना आठ पाई हिस्सा मिलता।''

पार्वती ने कहा—''वे लोग तुम्हारी तरह हिसाब लगाना जानती हैं ?''

देवदास ने त्रैराशिक तक हिसाब सीखा था। पार्वती की बात से प्रसन्न हो कर कहा—''हाँ ठीक है, वे नहीं जानती होंगी।''

पार्वती ने देवदास का हाथ पकड़ कर कहा—''देव दा, मैंने समझा था कि तुम मुझे मारोगे।''

देवदास ने चकित होकर पूछा—''मारता क्यों ?''

''वैष्णवियों ने कहा था कि तुम मुझे मारोगे।''

यह सुन कर देवदास ने बहुत प्रसन्न हो कर पार्वती के कन्धे पर बाँह रखते हुए कहा—''दुत, बिना कोई कसूर किये मैं मारता हूँ ?''

जान पड़ता है कि देवदास ने समझा था कि पार्वती का यह काम उसके कानून के अन्दर नहीं आता, क्योंकि तीन रुपये उन तीनों वैष्णवियों में ठीक तरह बँट गये थे। खास तौर पर जिन वैष्णवियों ने पाठशाला में यहाँ तक का हिसाब नहीं

सीखा था, उन्हें अगर तीन रुपये के बदले सिर्फ दो ही रुपये दिये जाते तो वह उनके प्रति मानो एक तरह का अत्याचार होता। उसके बाद वह पार्वती का हाथ पकड़ कर पतंग खरीदने के लिए छोटे बाजार की तरफ चल पड़ा। चलते समय लटाई उसने वहीं एक झाड़ी में छिपा दी।

चौथा परिच्छेद

इस तरह करते-करते एक बरस तो बीत गया, लेकिन अब और बीतता नजर नहीं आ रहा था। देवदास की माँ बहुत आफत मचाने लगीं। उन्होंने पति को बुला कर कहा—''देवदास बिल्कुल मूर्ख हरवाहा हो गया है। चाहे जो हो, इसका कुछ-न-कुछ उपाय करो।''

नारायण मुखर्जी ने सोच कर कहा—''वह कलकत्ते चला जाय तो ठीक होगा, वहाँ नगेन्द्र के साथ रह कर अच्छी तरह लिख-पढ़ सकेगा।''

नगेन्द्र बाबू रिश्ते में देवदास के मामा होते थे। यह बात सभी लोगों ने सुनी। पार्वती सुन कर बहुत ही भयभीत हुई। देवदास को अकेला पा कर वह उसका हाथ पकड़ कर झूलते हुए बोली—''देव दा, मैंने सुना है कि तुम कलकत्ते जाओगे।''

''किसने कहा ?''

''ताऊ जी ने कहा।''

''दुत, मैं हरगिज नहीं जाऊँगा।''

''और अगर वे लोग जबरदस्ती भेज दें तो ?''

''जबरदस्ती ?''

इस समय देवदास ने ऐसा मुँह बनाया जिससे पार्वती ने अच्छी तरह समझ लिया कि इस पृथ्वी पर ऐसा कोई नहीं है जो उससे कोई काम जोर-जबरदस्ती से करा सके। वह भी यही चाहती थी। इसलिए बहुत खुश हुई और एक बार उसका हाथ पकड़ कर और उस पर इधर-उधर झूल कर देवदास के मुँह की ओर देख कर हँसती हुई बोली—''देखो, देव दा जाना नहीं।''

''कभी नहीं।''

लेकिन देवदास की यह प्रतिज्ञा कायम न रह सकी। उसके पिता ने उस पर बहुत बक-झक कर, यहाँ तक कि डाँट-फटकार और पिटाई करके भी, धर्मदास के साथ उसे कलकत्ते भेज दिया। जाने के दिन देवदास को मन में बहुत तकलीफ

हुई। नये स्थान में जाने के विचार से उसे कुछ भी कुतूहल या आनन्द नहीं हुआ। पार्वती उस दिन उसे किसी तरह छोड़ना ही नहीं चाहती थी। वह बहुत रोयी-धोयी, लेकिन उसकी बात कौन सुनता ? पहले तो उसने रूठ कर कुछ देर देवदास के साथ बात ही नहीं की, लेकिन अन्त में देवदास ने जब उससे कहा—''पारो, मैं जल्दी ही लौट आऊँगा; अगर न भेजेंगे, तो भाग आऊँगा,'' तब पार्वती का मन कुछ ठिकाने लगा और उसने अपने छोटे-से दिल की बहुत-सी बातें कह सुनायीं। इसके बाद घोड़ेगाड़ी पर सवार हो कर अपना सामान ले कर देवदास ने अपनी माता के आशीर्वाद और उनके नेत्रों के जल का अन्तिम बिन्दु अपने मस्तक पर तिलक के रूप में धारण किया और चला गया।

उस समय पार्वती को न जाने कितना सन्ताप हो रहा था। उसकी आँखों से आँसुओं की झड़ी लगी हुई थी, दुख से उसकी छाती फटी जा रही थी। पहले-पहल उसके कई दिन इसी तरह बीते। इसके बाद एक दिन अचानक उसने सुबह-सवेरे उठ कर देखा कि आज दिन-भर करने के लिए मेरे पास कोई काम ही नहीं है। जब से उसने पाठशाला छोड़ी थी तब से अब तक सबेरे से सन्ध्या तक का सारा समय सिर्फ उत्पात और खेल-कूद में ही बीत जाता था। वह समझती थी कि न जाने मुझे कितने काम करने हैं और उन सब कामों के लिए समय ही पूरा नहीं पड़ता। लेकिन अब अक्सर ऐसा होने लगा कि उसे ढूँढने पर भी कोई काम नहीं मिलता। किसी दिन सबेरे उठा कर चिट्ठी लिखने बैठ जाती। इसी में दस बज जाते और उसकी माँ नाराज होने लगती। पर दादी कहतीं—अरे, उसे लिखने दो न, सबेरे उठ कर इधर-उधर दौड़ते फिरने से तो कुछ लिखना-पढ़ना अच्छा है।

जिस दिन देवदास का पत्र आता, वह पार्वती के लिए बहुत ही सुख का दिन होता था। सीढ़ी वाले दरवाजे की चौखट पर बैठ कर और हाथ में पत्र ले कर दिन भर वही पढ़ा करती थी। इसी तरह लगभग दो महीने बीत गये। अब न तो उधर से उतनी जल्दी-जल्दी पत्र आता और न इधर से ही लिखा जाता। उत्साह मानो धीरे-धीरे कुछ कम होता जा रहा था।

एक दिन सबेरे के समय पार्वती ने अपनी माता से कहा—''माँ, मैं अब फिर पाठशाला जाया करूँगी।''

''क्यों ?''

माँ को इस बात पर कुछ आश्चर्य हुआ। पार्वती ने सिर हिला कर—''मैं जरूर जाऊँगी।''

''अच्छा जाइयो। भला, बेटी, मैंने तुझे कभी पाठशाला जाने से मना किया है ?''

उस दिन दोपहर को पार्वती बहुत दिन की छोड़ी हुई स्लेट और किताब ढूँढ़ कर और दासी का हाथ पकड़ कर फिर अपने उसी पुराने स्थान पर शान्त धीर भाव से जा बैठी।

दासी ने कहा—‘‘गुरू जी, अब पार्वती को मारना-पीटना मत, अपनी ही इच्छा से पढ़ने आई है। जब इसकी इच्छा होगी तब यह पढ़ेगी और जब इच्छा नहीं होगी तब घर चली जायेगी।’’

पंडित जी ने मन-ही-मन कहा—तथास्तु, और ऊपर से कहा—‘‘अच्छा, ऐसा ही होगा।’’

एक बार उनकी यह पूछने की इच्छा हुई कि पार्वती को भी क्यों नहीं कलकत्ते भेज दिया गया? लेकिन पूछा नहीं।

पार्वती ने देखा कि ठीक पहले वाले स्थान पर प्रमुख छात्र भोलू उसी बेंच पर बैठा हुआ है। उसे देख कर पहले एक बार पार्वती को कुछ हँसी-सी आई। लेकिन इसके बाद उसकी आँखें सजल हो गयीं। उसे यह ध्यान आया कि बस इसी दुष्ट ने देवदास को घर से बाहर निकलवाया है।

इस तरह बहुत दिन बीत गये। फिर काफी समय बाद एक दिन देवदास लौट कर घर आया। पार्वती दौड़ी हुई उसके पास पहुँची। बहुत-सी बातें हुईं। कोई ऐसी बहुत ज्यादा बातें नहीं थीं जो पार्वती कहती और अगर ऐसी कुछ बातें रही भी हों तो वह कह नहीं सकी। लेकिन देवदास ने बहुत-सी बातें कहीं। वे सभी ज्यादातर कलकत्ते की थीं। इसके बाद एक दिन गरमियों की छुट्टी खतम हो गई। देवदास फिर कलकत्ते चला गया। इस बार भी रोना-धोना हुआ, लेकिन उसमें पहली बार की-सी गम्भीरता नहीं थी। देखते-देखते चार बरस बीत गये। इन कुछ वर्षों में देवदास के स्वभाव में इतना अधिक परिवर्तन हो गया था कि उसे देख कर पार्वती ने कई बार चुपचाप एकान्त में रो कर अपनी आँखें पोंछ ली थीं। इससे पहले देवदास में गँवारपन के जो-जो दोष थे, नगर में निवास करने के कारण वे सब अब नाम को भी नहीं रह गये थे। अब तो विलायती जूता, बढ़िया कोट-कमीज, बढ़िया धोती, छड़ी, सोने की घड़ी, चेन और बटन आदि सब चीजों के न रहने पर उसे लज्जा होती थी। अब गाँव की नदी के किनारे टहलने को उसका जी नहीं चाहता था, बल्कि उसके बदले अब उसे हाथ में बन्दूक ले कर शिकार के लिए निकल जाने में ही आनन्द आता था। अब छोटी-छोटी मछलियों के बदले बड़े मच्छ फँसाने की इच्छा होती थी। इतना यही क्यों, समाज की चर्चा, राजनीति की चर्चा, सभा-समिति, क्रिकेट और फुटबाल की चर्चा-समीक्षा ही उसे अच्छी लगती थी। हाय रे, अब कहाँ वह पार्वती और कहाँ उन लोगों का वह ताल सोनापुर गाँव! ऐसा नहीं था

कि बचपन की यादों से जुड़ी जो एक-दो सुख की बातें थीं, वे याद न आती हों, लेकिन दूसरी ओर बहुत-सी बातों के प्रति उत्साह होने के कारण अब वे अधिक समय तक मन में नहीं ठहरती थीं। फिर भी गरमियों की छुट्टी आई। पिछले साल गरमियों की छुट्टी में देवदास घूमने के लिए विदेश चला गया था, घर नहीं आया था, इस बार उसकी माता और पिता दोनों ने ही बहुत आग्रहपूर्वक उसे पत्र लिखा था; इसलिए इच्छा न होने पर भी देवदास अपना बोरिया-बिस्तर बाँध कर ताल सोनापुर गाँव आने के लिए हावड़ा स्टेशन पर आ पहुँचा, जिस दिन घर पहुँचा, उस दिन उसका शरीर कुछ ठीक नहीं था, इसलिए वह घर से बाहर नहीं निकल सका। दूसरे दिन उसने पार्वती के घर पहुँच कर पुकारा—''चाची।''

पार्वती की माँ ने उसे बहुत आदरपूर्वक बुलाते हुए कहा—''आओ बेटा, बैठो।'' चाची के साथ थोड़ी देर तक बातचीत करने के बाद देवदास ने पूछा—''चाची, पार्वती कहाँ है ?''

''ऊपर वाली कोठरी में होगी।''

देवदास ने ऊपर पहुँच कर देखा कि पार्वती सन्ध्या-दीप जला रही है। पुकारा—''पार्वती !''

पहले तो पार्वती चौंक उठी, पर फिर प्रणाम करके कुछ अलग खिसक कर खड़ी हो गई।

''क्या हो रहा है पार्वती ?''

इस बात का उत्तर देने की कोई आवश्यकता नहीं थी, इसलिए पार्वती चुप रही। इसके बाद देवदास को झेंप-सी महसूस होने लगी। उसने कहा—''अच्छा, जाता हूँ। शाम हो गई है। शरीर भी ठीक नहीं है।''

यह कह कर देवदास चला गया।

पाँचवाँ परिच्छेद

एक दिन पार्वती की बुढ़िया दादी ने कहा—पार्वती ने अब तेरहवें वर्ष में पैर रखा है, इसके ब्याह की कुछ फिकर करो।

वैसे भी इस अवस्था में शारीरिक सौन्दर्य न जाने कहाँ से दौड़ा आ पहुँचता है और किशोरी के सर्वांग में छा जाता है। आत्मीय-स्वजन सहसा एक दिन चौंक कर देखते हैं कि हमारी छोटी लड़की अब सयानी हो गई है। उस समय उसके लिए

वर ठीक करने की फिक्र उन्हें सताने लगती है। चक्रवर्ती बाबू के यहाँ भी कई दिनों से इसी बात की चर्चा हो रही है। पार्वती की माता बहुत ही चिन्तित है। बात-बात में अपने पति को सुना कर कहती है कि अब पार्वती को घर रखा नहीं जा सकता। चक्रवर्ती बाबू बड़े आदमी तो नहीं थे, लेकिन सन्तोष की बात यह थी कि उनकी कन्या बहुत सुन्दर थी। वे समझते थे कि अगर संसार में रूप की कोई मर्यादा या कदर है तो फिर पार्वती के लिए अधिक चिन्ता करने की आवश्यकता नहीं होगी। एक बात और भी है, वह भी यहाँ बतला दी जाय। चक्रवर्ती परिवार में इससे पहले कन्या के विवाह के समय इतनी चिन्ता नहीं करनी पड़ती थी; हाँ, पुत्र के विवाह में करनी पड़ती थी। ये लोग कन्या के विवाह के समय धन लेते थे और विवाह में वही धन दे कर बहू को घर ले आते थे। नीलकंठ के पिता ने भी अपनी कन्या के समय धन लिया था; लेकिन स्वयं नीलकंठ इस प्रथा से बहुत घृणा करते थे। उनकी बिलकुल इच्छा नहीं थी कि पार्वती को बेच कर धन प्राप्त करें। पार्वती की माँ भी यह बात जानती थी, इसलिए वह अपने स्वामी से पार्वती के लिए तगादा करती रहती थी। इससे पहले पार्वती की माँ ने अपने मन में एक दुराशा भी पाल रखी थी। उसने सोचा कि किसी तरकीब से देवदास के साथ पार्वती का विवाह किया जा सकेगा। उसे यह समझ में नहीं आता था कि देवदास के कुल और परिवार को देखते हुए यह असम्भव ही था। वह सोचती थी कि अगर देवदास से अनुरोध किया जायगा तो शायद इसके लिए कोई अच्छा रास्ता निकल आयेगा। इसलिए जान पड़ता है कि एक दिन पारो की दादी ने बातों-बातों में देवदास की माँ से इस तरह जिक्र छेड़ दिया—''बहू, देवदास में और हमारी पार्वती में कितना स्नेह है ! ऐसा स्नेह और कहीं दिखाई नहीं देता।''

देवदास की माँ ने कहा—''चाची, भला उन दोनों में स्नेह क्यों न होगा ? दोनों ही भाई-बहन की तरह एक साथ पल कर सयाने हुए हैं।''

''हाँ बेटी, इसलिए तो खयाल होता है कि अगर दोनों का—देखो न बहू, जब देवदास कलकत्ते गया था, तब हमारी बच्ची केवल आठ वर्ष की थी। लेकिन उसी उमर में वह देव के वियोग में मानो सूख कर काठ हो गई थी। जब कोई चिट्ठी आती थी तब मानो उसके लिए जप-माला हो जाती थी। हम सभी जानते हैं।''

देवदास की माँ ने मन-ही-मन सब बातें समझ लीं। वह कुछ हँसी। यह तो नहीं मालूम कि उसकी हँसी में कितना उपहास छिपा हुआ था, लेकिन तकलीफ निश्चय ही बहुत थी। वह सब बातें जानती थी और पार्वती को प्यार भी करती थी। लेकिन वह थी तो खरीद-बिक्री वाले घर की ही लड़की ! तिस पर घर के पास ही समधियाना ! छी:-छी:। बोली—''चाची, हमारे-तुम्हारे जमाने की बात और थी।

लेकिन अब तो...और फिर घर के मालिक की जरा भी इच्छा नहीं है कि इस छोटी उमर में, जो अधिकतर लिखने-पढ़ने का समय है, देवदास का विवाह करें। इसलिए वे आजकल मुझसे कहा करते हैं कि छोटी अवस्था में ही बड़े लड़के द्विजदास का विवाह करके कितना बड़ा अनर्थ किया गया! उसकी लिखाई-पढ़ाई कुछ भी न हो सकी।''

पार्वती की दादी का मुँह फीका पड़ गया। फिर भी उसने साहस करके कहा—''बहू, यह सब तो मैं भी जानती हूँ। लेकिन तुम्हें मालूम है कि पारो पर षष्ठी देवी की कृपा है। एक तो यों ही वह कुछ बढ़ गयी है और तिस पर उसकी गठन भी कुछ ऐसी है कि वह अधिक सयानी जान पड़ती है। इसलिए...इसलिए अगर नारायण की इच्छा न हो...''

देवदास की माँ ने उसे बीच में ही टोक कर कहा—''नहीं चाची, यह बात मैं उनसे नहीं कह सकूँगी। अगर इस समय मैं देवदास के ब्याह की बात चलाऊँगी तो क्या वे मेरी बात पर कान देंगे?''

बात यहीं तक हो कर दब गई। लेकिन स्त्रियों के पेट में बात नहीं पचती। जब देवदास के पिता भोजन करने बैठे, तब देवदास की माँ ने उनके सामने यह बात चला कर कहा—''पार्वती की दादी ने आज उसके ब्याह की बात छेड़ी थी।''

देवदास के पिता ने सिर ऊपर उठा कर कहा—''हाँ, अब पार्वती सयानी हो गई है। जल्दी ही उसका ब्याह कर डालना उचित है।''

''तभी तो आज बात चलने पर उसकी दादी ने कहा कि अगर देवदास के साथ...''

स्वामी ने भौहें सिकोड़ कर पूछा—''तुमने क्या कहा?''

''मैं और क्या कहती? दोनों में बहुत ही स्नेह है। लेकिन क्या इसीलिए खरीद-बिक्री वाले चक्रवर्ती के घर की लड़की अपने घर में ला सकती हूँ? और फिर घर के पास ही समधियाना! छी:-छी:।''

स्वामी सन्तुष्ट हो गये। उन्होंने कहा—''ठीक ही तो है। क्या हम अपने कुल की हँसी करावेंगे? तुम इन सब बातों पर कान मत देना।''

गृहिणी ने सूखी हँसी हँस कर कहा—''नहीं, मैं कान नहीं देती। लेकिन देखो, तुम भी कहीं भूल न जाना।''

स्वामी ने भात का कौर उठा कर गम्भीर मुख से कहा—''अगर ऐसा होता तो इतनी बड़ी जमींदारी न जाने कब की उड़ गयी होती।''

उनकी जमींदारी सदा अटल रहे, इसमें किसी को क्या एतराज होता, लेकिन हम पार्वती के दुख की बात कहते हैं। जब यह प्रस्ताव पूरी तरह ठुकराये जाने के

बाद नीलकंठ बाबू के कानों तक पहुँचा, तब उन्होंने अपनी माँ को बुला कर तिरस्कार के साथ कहा—''माँ, भला तुम ऐसी बात क्यों कहने गई थी ?''

माँ चुप रही। नीलकंठ कहने लगे—''लड़की का ब्याह करने के लिए हमें लोगों के पैर पड़ने की जरूरत न होगी, बल्कि बहुत-से लोग हमारे ही पैर आ कर पड़ेंगे। हमारी लड़की कुरूप नहीं है। देखो, मैं तुम लोगों से कहे रखता हूँ, एक हफ्ते के अन्दर ही मैं उसका सम्बन्ध ठीक कर डालूँगा। भला ब्याह की चिन्ता क्या है ?''

लेकिन जिसके लिए पिता ने इतनी बड़ी बात कही थी, उसके सिर पर तो मानो बिजली टूट पड़ी। लड़कपन से ही उसकी यह धारणा थी कि देव दा पर उसका कुछ अधिकार है। यह बात नहीं थी कि वह अधिकार किसी दूसरे ने उसके हाथ में दे दिया हो। पहले तो वह खुद भी इस भावना को ठीक तरह से समझ नहीं सकी थी। अज्ञात रूप से अशान्त मन ने दिन-पर-दिन यह अधिकार इस तरह चुपचाप और मजबूती से लिया था कि बाहर हालाँकि उसकी कोई सूरत अब तक आँखों के सामने नहीं आई थी, लेकिन उस अधिकार के छिनने की बात उठते ही उसके हृदय में जैसे एक भयंकर तूफान उठने लगा।

लेकिन देवदास के बारे में यह बात ठीक इसी तरह से नहीं कही जा सकती थी। बचपन में और कलकत्ता जाने से पहले तो वह पारो पर अपना अधिकार मानता था, लेकिन कलकत्ता जाने के बाद जैसे-जैसे उसका मन वहाँ रमने लगा, पार्वती के प्रति यह भावना धीरे-धीरे क्षीण होती चली गयी। लेकिन वह यह नहीं जानता था कि पार्वती अपने उस सदा एकरस चलने वाले ग्राम्य-जीवन में दिन-रात केवल उसका ही ध्यान करती आ रही थी। वह यह तो सोचता था कि लड़कपन से ही जिसे वह नितान्त अपना समझता चला आ रहा था और न्याय-अन्याय सब तरह की जिदें जिसके ऊपर इतने दिनों से थोपता रहा था, यौवन की पहली सीढ़ी पर पैर रखते ही उसकी ओर से इस प्रकार अचानक पीछे फिसल पड़ना ठीक नहीं होगा। उसे यह आभास नहीं था कि बचपन के इस बन्धन को आगे भी बनाये रखने के लिए विवाह ही एकमात्र उपाय था। लेकिन उस समय ब्याह की बात कौन सोचता ? कौन जानता था कि यह किशोर-बन्धन विवाह के अतिरिक्त और किसी तरह से चिरस्थायी करके नहीं रखा जा सकता ?

इसलिए यह संवाद कि 'विवाह नहीं हो सकता' पार्वती के हृदय की समस्त आशाओं और आकांक्षाओं को उसके कलेजे के अन्दर से मानो उखाड़ फेंकने के लिए खींचा-तानी करने लगा। पारो की तो पूरी दुनिया ही उजड़ गयी। वह खोयी-खोयी-सी रहने लगी। लेकिन, देवदास इस सब से अनजान था। सबेरे के समय

उसका लिखना-पढ़ना होता था, दोपहर को बहुत गरमी पड़ती थी, घर से बाहर निकलना नहीं हो सकता, बस तीसरे पहर ही अगर वह चाहता तो कुछ देर के लिए घर से बाहर निकल सकता था। इसी समय वह किसी दिन बढ़िया कपड़े और बढ़िया जूते पहन कर, हाथ में छड़ी लिये, बाहर निकलता था। जाते समय चक्रवर्ती-परिवार के मकान के पास से ही हो कर जाता था और पार्वती ऊपर खिड़की में से अपनी आँखों के आँसू पोंछती हुई उसे देखा करती थी। न जाने कितनी ही बातें उसे याद आती थीं। उसे खयाल आता कि अब दोनों ही बड़े हो गये थे। दीर्घ प्रवास के बाद अब परायों की तरह मिलने-जुलने में बहुत लज्जा होती थी। देवदास उस दिन इसी तरह चला गया था। यह बात पार्वती की समझ में आने से बाकी न रही थी कि वह शर्माता था, इसलिए अच्छी तरह से बात भी न कर सका था। देवदास भी अमूमन इसी तरह सोचता था। बीच-बीच में वह उसके साथ बातें कर लेता। उसे अच्छी तरह देखने की भी इच्छा देवदास के मन में होती। लेकिन फिर उसे ध्यान आता कि क्या यह अच्छा दिखेगा?

गाँव में कलकत्ते की-सी धूमधाम नहीं थी; आमोद-प्रमोद, थियेटर, गाना-बजाना, आदि कुछ भी नहीं था; इसलिए अक्सर उसे अपने लड़कपन की बातें याद आ जाया करती थीं। सोचता कि वही पारो अब यह पार्वती हो गई है। पार्वती सोचती कि वही देवदास अब बाबू देवदास हो गया है। देवदास अब पहले की तरह चक्रवर्ती परिवार के घर नहीं जाता। किसी-किसी दिन शाम के समय उनके आँगन में खड़ा हो कर आवाज देता—‘‘चाची, क्या हो रहा है?’’

चाची कहती—‘‘आओ बेटा, बैठो।’’

देवदास यों ही कह देता—‘‘नहीं चाची, रहने दो। जाऊँ, जरा घूम आऊँ।’’

तब पार्वती किसी दिन ऊपर रहती और किसी दिन सामने पड़ जाती थी। देवदास चाची के साथ बातें करता था और पार्वती धीरे-धीरे वहाँ से हट जाती थी। रात को देवदास के कमरे में रोशनी होती थी। गर्मियों की वजह से खुली हुई खिड़की में से पार्वती उस ओर अक्सर देर तक देखा करती थी—लेकिन, वहाँ उसे दिखाई कुछ भी नहीं देता था। पार्वती में हमेशा से स्वाभिमान की एक भावना थी और इसीलिए वह प्राण-पण से इस बात की चेष्टा करती थी कि वह जो इतना कष्ट सहती है, उसका किसी को तिल भर भी पता न चले। और फिर किसी को यह बात जतलाने से लाभ ही क्या था? अगर कोई सहानुभूति दिखलायेगा तो वह बरदाश्त न हो सकेगी; ऊपर से तिरस्कार और लांछना? सो उससे तो मर जाना ही अच्छा है।

मनोरमा का अभी पिछले साल ब्याह हुआ है, लेकिन वह अभी तक ससुराल

नहीं गई है, इसलिए बीच-बीच में घूमती-फिरती आ जाया करती है। पहले दोनों सखियाँ बीच-बीच में मिल कर प्रेम, विवाह, पसन्द-नापसन्द के बारे में बातचीत किया करती थीं। अब भी उस तरह बातें होती हैं, लेकिन पार्वती अब उन बातों में योग नहीं देती। या तो चुप रह जाती है या बात ही उलट देती है।

पार्वती के पिता कल रात को लौट कर घर आये हैं। कई दिन से वे पात्र ठीक करने के लिए बाहर गये हुए थे। अब विवाह की सब बातें निश्चित करके घर लौटे हैं। प्राय: बीस-पचीस कोस दूर बर्दवान जिले के हाथीपोता गाँव के जमींदार से पार्वती की शादी तय की है उन्होंने। भुवन चौधरी नाम है, आर्थिक स्थिति मजबूत है। उमर चालीस के आस-पास है, दो-एक साल कम ही होगी। अभी पिछले साल उनकी पहली स्त्री का देहान्त हुआ है, इसलिए अब वे फिर विवाह करेंगे। ऐसा नहीं था कि इस समाचार ने घर के सभी लोगों को प्रसन्न ही किया, बल्कि वह दुख का कारण भी बना। तो भी, यह बात जरूर है कि भुवन चौधरी के यहाँ से सब मिला कर दो-तीन हजार रुपये आ जायेंगे। इसलिए घर की औरतें चुप हो रहीं।

एक दिन दोपहर के समय देवदास भोजन करने बैठा था। उसकी माँ ने पास बैठ कर कहा—''पार्वती का ब्याह हो रहा है!''

देवदास ने सिर उठा कर पूछा—''कब?''

''इसी महीने। कल लड़की को देख गये हैं। वर खुद देखने आया था।''

देवदास ने कुछ विस्मित हो कर कहा—''मुझे तो यह सब कुछ भी नहीं मालूम।''

''तुम भला कैसे जानोगे? वर दुहाजू है। अवस्था भी अधिक है। लेकिन हाँ, रुपया-पैसा काफी है। पार्वती सुख-चैन से रह सकेगी।''

देवदास सिर नीचा करके भोजन करने लगा। उसकी माँ फिर कहने लगी— ''उन लोगों की इच्छा थी कि हमारे यहाँ ब्याह करें।''

देवदास ने सिर उठा कर पूछा—''फिर क्या हुआ?''

माँ ने हँसते हुए कहा—''छी:; भला ऐसा कहीं हो सकता है! एक तो खरीद-बिक्री वाला छोटा घर; तिस पर घर के पास ही ब्याह। छी:-छी:''—यह कह कर माँ ने होंठ सिकोड़े। देवदास ने यह देख लिया।

कुछ देर तक चुप रहने के बाद माँ ने फिर कहा—''मैंने उनसे भी कहा था।''

देवदास ने सिर उठा कर पूछा—''तो फिर बापूजी ने क्या कहा?''

''वे और क्या कहेंगे! अपने इतने बड़े वंश की हँसी तो करा नहीं सकते। और यही मुझे सुना दिया।''

देवदास ने फिर कुछ न कहा। उसी दिन दोपहर को मनोरमा और पार्वती में बातचीत हो रही थी। पार्वती के आँसू, मालूम होता है, मनोरमा ने अभी-अभी पोंछे हैं। मनोरमा ने कहा—''तो फिर पारो, और क्या उपाय है? हम लड़कियों को कहाँ इतनी छूट कि अपनी पसन्द से विवाह करें।''

पार्वती ने कहा—''हाँ, और क्या? तुमने क्या अपने वर को पसन्द करके ब्याह किया था?''

''मेरी बात और है।'' मनोरमा बोली—''मुझे तो पसन्द भी नहीं थे और ना-पसन्द भी नहीं। इसीलिए मुझे कोई कष्ट नहीं भोगना पड़ा। लेकिन तुमने तो अपने पैरों में आप ही कुल्हाड़ी मारी है।''

पार्वती ने कोई उत्तर नहीं दिया, वह कुछ सोचने लगी।

मनोरमा ने जाने क्या समझ कर कुछ हँसते हुए कहा—''पारो, वर की उमर कितनी होगी?''

''किसके वर की?''

''तुम्हारे।''

पार्वती ने कुछ हिसाब लगा कर कहा—''उन्नीस।''

मनोरमा को बहुत ही आश्चर्य हुआ। बोली—''यह क्या? मैंने तो अभी सुना है कि चालीस के करीब है।''

अब की पार्वती ने कुछ हँसते हुए कहा—''मनो, न जाने कितने लोगों की उमर चालीस बरस हुआ करती है। मैं क्या उन सबका हिसाब रखती हूँ? मैं तो बस यही जानती हूँ कि मेरे वर की उमर उन्नीस-बीस बरस की होगी।''

पार्वती के मुँह की ओर देख कर मनोरमा ने पूछा—''और नाम क्या है?''

पार्वती ने फिर हँसते हुए कहा—''मालूम होता है, इतने दिनों में तुमने यह भी न जाना!''

''भला मैं कैसे जानूँगी?''

''नहीं जानतीं? अच्छा तो बतलाये देती हूँ।'' पहले तो कुछ हँस कर और फिर गम्भीर हो कर पार्वती ने मनोरमा के कान के पास मुँह ले जा कर कहा— ''तुम नहीं जानतीं, श्री देवदास...''

मनोरमा पहले तो कुछ चौंक पड़ी, लेकिन फिर उसने पारो को ढकेलते हुए कहा—''बहुत हँसी की जरूरत नहीं। अभी बतला कि उनका नाम क्या है—फिर कभी तो बतला नहीं सकेगी।''

''अभी बतलाया तो।''

मनोरमा ने कुछ बिगड़ कर कहा—''अगर देवदास ही उनका नाम है, तो

रो-रो कर मरी क्यों जाती है ?''

सहसा पार्वती उदास हो गई। न जाने क्या सोचकर उसने कहा—‘‘तो फिर ठीक है, अब मैं नहीं रोऊँगी।''

‘‘पारो।''

‘‘क्या ?''

‘‘तुम सब बातें खुल कर कहो न। मैं तो कुछ भी नहीं समझ सकी।''

पार्वती ने कहा—‘‘जो कुछ कहना था, सो कह तो दिया।''

‘‘लेकिन मेरी समझ में तो कुछ भी नहीं आया।''

‘‘तुम समझ भी नहीं सकोगी।''

इतना कह कर पार्वती ने दूसरी ओर मुँह फेर लिया। मनोरमा ने सोचा कि पार्वती मुझसे बात छिपा रही है; अपने मन की बात नहीं कहना चाहती। वह नाराज हो गयी। दुखी हो कर उसने कहा—‘‘पार्वती, तुम्हें जिस बात में दुख होता है, मुझे भी तो उसमें दुख होता है। मेरी आन्तरिक प्रार्थना यही है कि तुम सुखी रहो। अगर तुम कोई बात मुझसे छिपाना चाहती हो, मुझसे न कहना चाहती हो तो मत कहो। लेकिन इस तरह मुझे उल्लू मत बनाओ।''

पार्वती दुखी हुई। उसने कहा—‘‘नहीं बहन, मैं हँसी नहीं करती। जो कुछ मैं जानती हूँ, वही तुम्हें बतला रही हूँ। मैं यही जानती हूँ कि मेरे स्वामी का नाम देवदास है। अवस्था उनकी उन्नीस बरस की है और यही मैंने तुमसे भी कही है।''

‘‘लेकिन मैंने तो अभी सुना है कि तुम्हारा ब्याह और कहीं पक्का हो गया है।''

‘‘पक्का और क्या होगा। दादी के साथ तो ब्याह होगा ही नहीं, होगा तो मेरे ही साथ होगा। मैंने तो कहीं यह बात नहीं सुनी।''

मनोरमा जो कुछ सुन चुकी थी, वही कह देना चाहती थी। लेकिन पार्वती ने उसे बीच में ही रोक कर कहा—‘‘वह सब मैं सुन चुकी हूँ।''

‘‘तब ? देवदास तुम्हें...''

‘‘मुझे क्या ?''

मनोरमा ने हँसी रोक कर कहा—‘‘तो फिर शायद तुम स्वयंवर करोगी। चोरी से सब बातें पक्की हो गई हैं ?''

‘‘कच्चा-पक्का अभी कुछ भी नहीं हुआ है।''

मनोरमा ने व्यथित स्वर से कहा—‘‘पारो, तुम क्या कर रही हो, मेरी समझ में तो कुछ भी नहीं आता।''

पार्वती ने कहा—‘‘तो फिर मैं देवदास से पूछ कर तुम्हें बतला दूँगी।''

‘‘क्या पूछोगी ? वे ब्याह करेंगे या नहीं, यही न ?’’

पार्वती ने सिर हिला कर कहा—‘‘हाँ, यही।’’

मनोरमा ने बहुत ही चकित होकर कहा—‘‘पारो, यह तुम क्या कह रही हो ? क्या तुम यह बात खुद पूछोगी ?’’

‘‘इसमें दोष ही क्या है ?’’

मनोरमा बिल्कुल हक्की-बक्की रह गई—‘‘क्या कहती हो ? खुद पूछोगी ?’’

‘‘हाँ, खुद ही पूछूँगी। और नहीं तो मनो, मेरी तरफ से और कौन पूछेगा ?’’

‘‘तुम्हें लाज न लगेगी ?’’

‘‘इसमें लाज काहे की ? तुमसे कहने में क्या मुझे लाज आई ?’’

‘‘मैं औरत ठहरी, तुम्हारी सहेली। लेकिन पारो, वे तो पुरुष हैं।’’

अब की पार्वती हँस पड़ी। उसने कहा—‘‘तुम सहेली हो और अपनी हो। लेकिन वे क्या पराये हैं ? जो बात मैं तुमसे कह सकती हूँ, वह क्या उनसे नहीं कही जा सकती ?’’

मनोरमा चकित हो कर उसके मुँह की ओर देखती रही।

पार्वती ने हँसते हुए कहा—‘‘मनोरमा बहन, तुम झूठ-मूठ ही सिर में सिन्दूर लगाती हो। तुम यह नहीं जानतीं कि स्वामी किसे कहते हैं। अगर वे मेरे स्वामी न होते और मेरी सारी लाज-शरम से परे न होते तो मैं इस तरह मरने न बैठती। इसके सिवा बहन, आदमी जब मरने पर उतारू हो जाता है तब वह क्या इस बात का विचार करने बैठता है कि विष कड़वा है या मीठा ? उनके सामने मुझे किसी बात की लज्जा नहीं है।’’

मनोरमा उसके मुँह की ओर देखती रही। फिर कुछ देर बाद बोली—‘‘क्या तुम उनसे यह कहोगी कि मुझे अपने चरणों में स्थान दो ?’’

पार्वती ने सिर हिला कर कहा—‘‘बहन, ठीक यही बात कहूँगी।’’

‘‘और अगर उन्होंने स्थान न दिया तो ?’’

इस पर पार्वती बहुत देर तक चुप रही। फिर उसने कहा—‘‘बहन, यह मैं नहीं जानती कि तब क्या होगा।’’

घर लौटते समय मनोरमा ने सोचा—धन्य है इसका साहस और धन्य है इसका कलेजा! मैं अगर मर भी जाऊँ तो ऐसी बात जबान पर नहीं ला सकती।

बात भी ठीक ही थी। इसलिए तो पार्वती ने कहा था कि वह बेकार ही सिन्दूर लगाती है और हाथ में चूड़ियाँ पहनती है।

छठा परिच्छेद

रात के एक बजे का समय होगा। आसमान में तारे चमक रहे थे। पार्वती बिस्तर की चादर को सिर से पैर तक चादर लपेट कर धीरे-धीरे सीढ़ियाँ उतर कर नीचे आई। उसने चारों ओर देखा, कहीं कोई जाग तो नहीं रहा है। इसके बाद वह दरवाजा खोल कर चुपचाप रास्ते पर आ गई। चारों तरफ सन्नाटा छाया हुआ था। किसी के साथ आमना-सामना होने की आशंका नहीं थी। वह बिना किसी बाधा के नारायण मुखर्जी के मकान के सामने आ खड़ी हुई। ड्योढ़ी पर वृद्ध दरबान किशुन सिंह खटिया बिछा कर तब भी तुलसी रामायण पढ़ रहा था। पार्वती को अन्दर आते देख कर उसने बिना सिर उठाये ही पूछा—''कौन?''

पार्वती ने कहा—''मैं।''

दरबान ने कंठ स्वर से समझ लिया कि कोई स्त्री है। उसने समझा कि कोई दासी होगी, इसलिए उसने बिना और कुछ पूछे ही लय-सुर से रामायण पढ़ना आरम्भ कर दिया। पार्वती अन्दर चली गई। गरमी के दिन थे। बाहर आँगन में कई नौकर सो रहे थे। उनमें से कुछ सोये हुए थे और कुछ आधी नींद में थे। नींद के झोंक में अगर किसी ने पार्वती को देखा भी तो दासी समझ कर उससे कुछ भी नहीं कहा। पार्वती निर्विघ्न अन्दर पहुँच कर सीढ़ियों से होती हुई ऊपर जा पहुँची। इस घर के कोने-कोने से वह अच्छी तरह परिचित थी। देवदास का कमरा पहचानने में उसे देर नहीं लगी। दरवाजा खुला हुआ था और अन्दर दीया जल रहा था। पार्वती ने अन्दर पहुँच कर देखा कि देवदास बिस्तर पर सोया हुआ है। सिरहाने की तरफ उस समय भी कोई किताब खुली पड़ी थी। भाव से मालूम हुआ कि मानो अभी-अभी नींद आ गयी है। दीया और तेज करके वह चुपचाप आ कर देवदास के पैरों के पास बैठ गई। दीवार पर टँगी हुई घड़ी सिर्फ टिक-टिक कर रही है। इसके सिवा और सब कुछ खामोश था।

पैरों पर हाथ रख कर पार्वती ने धीरे से पुकारा—''देव दा...''

देवदास ने नींद की झोंक में समझा कि कोई बुला रहा है। उसने बिना आँखें खोले ही कहा—''हूँ।''

''ओ देव दा!''

अबकी देवदास आँखें मलता हुआ उठ बैठा। पार्वती के मुख पर घूँघट नहीं है। घर में दीया भी खूब तेज जल रहा है। देवदास ने सहज में ही उसे पहचान लिया। लेकिन पहले उसे विश्वास ही नहीं हुआ। इसके बाद उसने कहा—''यह क्या? कौन, पारो?''

''हाँ, मैं हूँ।''

देवदास ने घड़ी की तरफ देखा। उसका आश्चर्य और भी बढ़ गया। उसने कहा—''इतनी रात को ?''

पार्वती ने कोई उत्तर नहीं दिया; वह सिर नीचा किये चुपचाप बैठी रही। देवदास ने फिर पूछा—''इतनी रात को क्या अकेली आई हो ?''

पार्वती ने कहा—''हाँ।''

मारे उद्वेग और आशंका के देवदास के रोयें खड़े हो गये। उसने कहा—''तुम क्या कर रही हो, रास्ते में डर नहीं लगा।''

पार्वती ने कुछ मुस्कराते हुए कहा—''मुझे भूतों से उतना डर नहीं लगता।''

''भूत का भय नहीं लेकिन आदमी से डर लगता है ? क्यों आई हो ?''

पार्वती ने कोई उत्तर नहीं दिया, लेकिन मन-ही-मन कहा—''इस समय तो वह भी शायद मुझे नहीं लगता।''

''तुम मकान के अन्दर किस तरह आयीं ? किसी ने देखा तो नहीं ?''

''दरबान ने देखा था।''

देवदास ने आँखें फाड़ कर कहा—''दरबान ने देखा है ? और किसी ने ?''

''आँगन में नौकर सोये हुए हैं। हो सकता है कि उनमें से भी किसी ने देखा हो।''

देवदास बिछौने पर से कूद कर खड़ा हो गया और झपट कर उसने दरवाजा बन्द कर लिया। फिर कहा—''किसी ने तुम्हें पहचाना ?''

पार्वती ने कुछ भी उत्कंठा प्रकट किये बिना अत्यन्त सहज भाव से कहा—''वे सभी मुझे जानते हैं। हो सकता है कि किसी ने पहचान भी लिया हो।''

देवदास की सिट्टी-पिट्टी गुम हो गयी। सकपका कर उसने पूछा—''क्या कह रही हो ? पारो, तुमने ऐसा काम क्यों किया ?''

पार्वती ने मन-ही-मन कहा—''तुम कैसे समझ सकोगे !''

लेकिन उसने देवदास की बात का कोई उत्तर नहीं दिया। वह चुपचाप सिर नीचा किये बैठी रही।

''इतनी रात को ! छी:-छी:। कल अपना मुँह कैसे दिखलाओगी ?''

सिर नीचा किये हुए ही पार्वती ने कहा—''मुझमें वह साहस है।''

यह सुन कर देवदास ने क्रोध नहीं किया, लेकिन बहुत ही परेशान हो कर कहा—''छी:-छी:, क्या अब भी तुम बच्ची हो ? इस तरह यहाँ आने में क्या तुम्हें तनिक भी शर्म नहीं लगी ?''

पार्वती ने सिर हिला कर कहा—''कुछ भी नहीं।''

''कल क्या शर्म से तुम्हारा सिर नीचा न होगा ?''

प्रश्न सुन कर पार्वती ने तीखी लेकिन करुण दृष्टि से कुछ देर तक देवदास की ओर देख कर निस्संकोच भाव से कहा—''अगर मुझे यह पक्का विश्वास न होता कि तुम मेरी सारी लज्जा ढँक लोगे तो सचमुच सिर नीचा होता।''

देवदास ने हैरान हो कर कहा—''लेकिन मैं क्या मुँह दिखला सकूँगा ?''

कुछ देर तक चुप रह कर पारो ने कहा—''तुम पुरुष ठहरे। आज नहीं तो कल तुम्हारे कलंक की बात सब लोग भूल जायेंगे। दो दिन बाद किसी को इस बात का ध्यान भी न रह जायेगा कि कब किस रात को हतभागिनी पार्वती तुम्हारे पैरों पर अपना सिर रखने के लिए अपना सब कुछ दाँव पर रख कर यहाँ आई थी।''

''पारो, यह क्या कह रही हो ?''

''और मैं...''

मन्त्र-मुग्ध की तरह देवदास ने कहा—''और तुम ?''

''मेरे कलंक की बात कहते हो ? नहीं, मुझ पर कोई कलंक नहीं। अगर इस बात के लिए मेरी निन्दा हो कि मैं तुम्हारे पास छिप कर आई थी तो वह निन्दा मुझे नहीं लगेगी।''

''हैं पारो, तुम क्या रो रही हो ?''

''देव दा, नदी में कितना जल है ! क्या उतने जल से भी मेरा कलंक न धुलेगा ?''

सहसा देवदास ने पार्वती के दोनों हाथ पकड़ लिए और कहा—''पार्वती !''

पार्वती ने देवदास के पैरों सिर रख कर अवरुद्ध स्वर से कहा—''देव दा, बस, यहीं मुझे थोड़ा-सा स्थान दे दो।''

इसके बाद दोनों ही चुप हो रहे। देवदास के पैरों पर से बहते हुए आँसुओं की कई बूँदें बिस्तर पर जा पड़ीं।

बहुत देर के बाद देवदास ने पार्वती का सिर ऊपर उठा कर कहा—''पारो, क्या मेरे सिवा तुम और किसी से ब्याह नहीं कर सकतीं ?''

पार्वती कुछ नहीं बोली। वह उसी तरह देवदास के पैरों पर सिर रखे हुए पड़ी रही। उस कमरे की चुप्पी को सिर्फ आँसुओं से व्याकुल उसकी लम्बी-लम्बी साँसें ही भंग कर रही थीं। टन-टन करके घड़ी में दो बजे। देवदास ने पुकारा— ''पारो !''

पार्वती ने रुँधे हुए गले से कहा—''क्या ?''

''तुमने सुना है कि मेरे माता-पिता इससे बिल्कुल सहमत नहीं हैं ?''

पार्वती ने सिर हिला कर उत्तर दिया कि हाँ, सुना है। इसके बाद फिर दोनों

चुप हो रहे। बहुत देर बीत जाने पर देवदास ने लम्बी साँस ले कर कहा—''तो फिर ऐसी बातें क्यों करती हो ?''

जिस तरह जल में डूबने पर आदमी किनारे की मिट्टी को भी खूब कस कर पकड़ लेता है, उसे किसी तरह छोड़ना नहीं चाहता, ठीक उसी तरह पार्वती ने भी अन्धों की तरह देवदास के दोनों पैर कस कर पकड़े रखे। उसने देवदास के मुख की ओर देख कर कहा—''देव दा, यह बात मैं किसी तरह नहीं जानना चाहती।''

''पार्वती, क्या मैं माता-पिता की आज्ञा के बाहर हो जाऊँ ?''

''इसमें दोष ही क्या है ? हो जाओ।''

''तो फिर तुम कहाँ रहोगी ?''

पार्वती ने रोते हुए कहा—''तुम्हारे चरणों में।''

फिर दोनों कुछ देर तक चुपचाप बैठे रहे। घड़ी में चार बज गये। गर्मियों की रात थी। अब थोड़ी ही देर में सबेरा होना चाहता है—यह देख कर देवदास ने पार्वती का हाथ पकड़ कर कहा—''चलो, तुम्हें घर पहुँचा आऊँ।''

''मेरे साथ चलोगे ?''

''इसमें हर्ज ही क्या है ? अगर बदनामी होगी तो कुछ उपाय भी हो सकेगा।''

''तो फिर चलो।''

दोनों निःशब्द पैर रखते हुए बाहर निकल आये।

सातवाँ परिच्छेद

दूसरे दिन अपने पिता के साथ देवदास की थोड़ी देर तक कुछ बातचीत हुई। पिता ने कहा—''तुम सदा से मुझे बहुत दिक करते आये हो। जितने दिन जीता रहूँगा, उतने दिन तुम इसी तरह मुझे दिक करते रहोगे। तुम्हारे मुँह से ऐसी बात निकले, इसमें कुछ भी आश्चर्य नहीं।''

देवदास चुपचाप सिर झुकाये बैठा रहा।

पिता ने कहा—''मैं इन सब बातों में नहीं पड़ता। जो कुछ करना हो, वह तुम और तुम्हारी माँ मिल कर तय कर लो।''

देवदास की माँ ने यह बात सुन कर रोते हुए कहा—''बेटा, यह भी मेरे भाग्य में बदा था !''

उसी दिन देवदास बोरिया-बँधना बाँध कर कलकत्ते चला गया।

पार्वती यह बात सुन कर कठोर मुख से और भी अधिक कठोर हँसी हँस कर चुप हो रही। पिछली रात की बात कोई जानता नहीं और उसने भी किसी से नहीं कही। हाँ, मनोरमा आई और बोली—‘‘पार्वती, सुना है कि देवदास कलकत्ते चले गये ?’’

‘‘हाँ।’’

‘‘तो फिर तेरा क्या उपाय किया ?’’

उपाय की बात वह खुद ही नहीं जानती थी, दूसरे को क्या बतलाती ? आज कई दिनों से वह बराबर यही सोचती आ रही है, लेकिन फिर किसी तरह तय नहीं कर पायी कि उसे आशा कितनी है और निराशा कितनी। लेकिन यह बात जरूर है कि ऐसे बुरे समय में जब मनुष्य को आशा और निराशा का कोई कूल-किनारा नहीं दिखाई देता तब दुर्बल मन डर के मारे आशा की पतवार को ही खूब कस कर पकड़े रहता है। जिस बात के होने में उसका मंगल है, उसी बात की वह आशा करता है। चाहे इच्छा से हो या अनिच्छा से, वह उसी ओर उत्सुक नेत्रों से देखना चाहता है। इस अवस्था में पार्वती भी बहुत कुछ जोर लगा कर आशा कर रही थी कि कल रात वाली बात अवश्य ही विफल न होगी। विफल होने पर उसकी क्या दशा होगी, इसका विचार उसकी चिन्ता की सीमा के बाहर जा पड़ा था, इसलिए वह सोच रही थी कि देव दा फिर आयेंगे और फिर मुझे पुकार कर कहेंगे, ‘‘पारो, जहाँ तक मेरा बस चलेगा, मैं तुम्हें दूसरे के हाथ न दे सकूँगा।’’

लेकिन दो ही दिन बाद पार्वती को इस प्रकार का पत्र मिला—

‘‘पार्वती, आज दो दिन से मैं सिर्फ तुम्हारी ही बात सोच रहा हूँ। पिता और माता में से किसी की इच्छा नहीं है कि हम लोगों का विवाह हो। तुम्हें सुखी करने के लिए उन लोगों को जो भारी आघात पहुँचाना होगा, वह मेरे लिए सम्भव नहीं। इसके अलावा, उन लोगों के विरुद्ध हो कर यह काम मैं कर ही कैसे सकूँगा ? तुम्हें फिर कभी पत्र लिख सकूँगा, इसकी भी सम्भावना नहीं। इसीलिए इस पत्र में ही सब कुछ खोल कर लिख रहा हूँ। तुम्हारा घर नीचा है, माँ किसी तरह खरीद-बिक्री वाले घर की लड़की अपने घर में नहीं लायेंगी; और घर के पास ही समधियाना करना भी उन्हें बहुत नापसन्द है। बाबूजी की बात तो तुम सब जानती ही हो। उस रात की बात याद करके मुझे बहुत ही क्लेश हो रहा है। कारण, यह बात मैं बहुत अच्छी तरह जानता हूँ कि तुम्हारे जैसी स्वाभिमानी लड़की ने कितनी विवशता में वह काम किया होगा।’’

‘‘और एक बात है। यह बात कभी मेरे ध्यान में नहीं आई कि मैं तुम्हें इतना

अधिक चाहता हूँ कि तुम्हें पत्नी बनाऊँ। आज भी मैं अपने हृदय में तुम्हारे लिए कुछ बहुत अधिक कष्ट का अनुभव नहीं कर रहा हूँ। मुझे केवल इसी बात का दुख है कि तुम मेरे लिए कष्ट पाओगी। कोशिश करके मुझे भूल जाना और मैं हृदय से आशीर्वाद देता हूँ कि तुम इसमें सफल रहो।

—देवदास''

जब तक देवदास ने यह पत्र डाकखाने में नहीं छोड़ा था तब तक वह एक बात सोच रहा था; लेकिन रवाना करने के बाद तुरन्त ही वह दूसरी बात सोचने लगा। अपने हाथ का ढेला फेंकने के बाद वह एकटक उसी तरफ देखता रहा। उसके मन में एक अनिर्दिष्ट शंका धीरे-धीरे जड़ पकड़ रही थी। वह सोचता था कि वह ढेला पारो के सिर पर किस तरह पड़ेगा। क्या उसे बहुत तेज चोट लगेगी? वह बच तो जायगी? पोस्ट आफिस से घर लौटते समय रास्ते में पग-पग पर देवदास को यही ध्यान होता था कि उस रोज रात को मेरे पैरों पर सिर रख कर पार्वती कितना रोयी थी। क्या यह अच्छा काम हुआ? और सबसे बढ़ कर देवदास यह सोच रहा था कि जब खुद पार्वती का कोई दोष नहीं है तो फिर पिता-माता क्यों मना करते हैं? कुछ तो वयस्क होने के कारण और कुछ कलकत्ते में रहने के कारण अब यह बात उसकी समझ में आने लग गई थी कि लोक-दिखाऊ कुल-मर्यादा और एक हीन-विचार के ऊपर निर्भर करके निरर्थक किसी की जिन्दगी नष्ट नहीं करनी चाहिए। अगर पार्वती न जीना चाहे, अगर वह अपने हृदय की ज्वाला शान्त करने के लिए दौड़ कर नदी के जल में जा कूदे तो क्या विधाता के चरणों में उस पर एक महापातक का पाप न लगेगा?

घर आ कर देवदास अपने कमरे में लेट गया। आजकल वह एक मेस में रहा करता है। अपने मामा के यहाँ रहना उसने बहुत दिनों से छोड़ दिया है। वहाँ उसका किसी तरह से सुभीता नहीं बैठता था। जिस कमरे में देवदास रहा करता है, उससे सटे हुए कमरे में चुन्नी लाल नाम का एक युवक कोई नौ वर्षों से रहता आ रहा है। वह बी.ए. पास करने के इरादे से ही इतने लम्बे समय से कलकत्ते में रह रहा है, लेकिन नौ बरस में बी.ए. नहीं कर पाया और लगता यही है कि अगले नौ बरस में भी नहीं कर पायेगा। इसी उम्मीद में वह कलकत्ते में टिका हुआ है। फिलहाल चुन्नी लाल हर रोज की तरह अपने सान्ध्य भ्रमण के लिए निकला है और सुबह के समय ही लौटेगा। बासे में अभी और कोई नहीं आया है। नौकरानी आ कर दीया जला गई और देवदास अपने कमरे का दरवाजा बन्द करके लेट गया।

इसके बाद एक-एक करके सभी लोग लौट कर आ गये। भोजन के समय लोगों ने देवदास को पुकारा, लेकिन वह उठा नहीं। चुन्नी लाल कभी रात को बासे

में नहीं आता; आज भी नहीं आया।

उस समय रात का एक बज गया है। बासे में देवदास के सिवा और कोई जाग नहीं रहा। तभी चुन्नी लाल लौट कर आया और देवदास के कमरे के सामने खड़ा हो गया। दरवाजा बन्द है, लेकिन अन्दर रोशनी जल रही है। उसने पुकारा—''देवदास, जाग रहे हो ?''

देवदास ने अन्दर से उत्तर दिया—''हाँ। आज इतनी जल्दी आ गये ?''

चुन्नी लाल कुछ हँस कर बोला—''हाँ। आज शरीर कुछ ठीक नहीं है,'' और चला गया। कुछ देर बाद वह फिर लौट आया और बोला—''देवदास, जरा दरवाजा खोल सकते हो ?''

''हाँ-हाँ, खोल सकता हूँ। क्यों ?''

''तमाखू का इन्तजाम है ?''

''हाँ, है।''

यह कह कर देवदास ने दरवाजा खोल दिया। चुन्नी लाल तमाखू भरने बैठ गया और बोला—''देवदास, तुम अभी तक जाग क्यों रहे हो ?''

''अरे, नींद क्या रोज आया करती है ?''

''नहीं आती ?''

चुन्नी लाल ने कुछ मजाक उड़ाते हुए कहा—''मैं समझता था कि तुम्हारे जैसे अच्छे लड़के कभी आधी रात का मुँह नहीं देखते होंगे। लेकिन आज मुझे एक नई शिक्षा मिली।''

देवदास ने कोई उत्तर दिया। चुन्नी लाल ने मजे में तमाखू पीते हुए कहा—''देवदास, जब से तुम घर से लौट कर आये हो तब से मालूम होता है कि तुम्हारा चित्त ठिकाने नहीं है, कोई क्लेश है।''

देवदास उस समय अन्यमनस्क हो गया था, उसने कोई उत्तर नहीं दिया।

''तुम्हारा मन ठिकाने नहीं है। क्यों यही बात है न ?''

देवदास अचानक उठ कर बिछौने पर बैठ गया और व्यग्र भाव से उसके मुँह की ओर देख कर बोला—''अच्छा चुन्नी बाबू, तुम्हारे मन में क्या कोई क्लेश नहीं है ?''

चुन्नी लाल हँस पड़ा, बोला—''बिल्कुल नहीं।''

''इस जीवन में कभी कोई क्लेश नहीं पाया ?''

''आखिर यह क्यों पूछ रहे हो ?''

''मुझे सुनने का शौक है।''

''अच्छा तो फिर किसी दिन सुनना।''

देवदास ने पूछा—''अच्छा चुन्नी लाल, तुम रात-रात भर कहाँ रहते हो?''

चुन्नी लाल ने कुछ मुस्कराते हुए कहा—''सो क्या तुम जानते नहीं हो?''

''जानता तो हूँ। मगर ठीक तरह से नहीं जानता।''

चुन्नी लाल का चेहरा मारे उत्साह के खिल उठा। इस तरह की चर्चा में चाहे और कुछ भी न हो, फिर भी आँखों देखे की एक शर्म होती है। लेकिन दीर्घ अभ्यास से चुन्नी लाल उसे भी भुला चुका है। उसने कौतुक के साथ आँखें बन्द करके कहा—''देवदास, अच्छी तरह जानने के लिए ठीक मेरी ही तरह का होने की जरूरत है। कल हमारे साथ चलोगे?''

देवदास ने पहले तो कुछ देर तक सोचा और तब उत्तर दिया—''सुना है कि वहाँ खूब मजा भी आता है और कोई कष्ट नहीं रह जाता; क्या यह ठीक है?''

''बिल्कुल सोलहों आने ठीक है।''

''अगर यही तो फिर मुझे भी ले चलना—मैं चलूँगा।''

दूसरे दिन सन्ध्या से कुछ पहले ही चुन्नी लाल ने देवदास के कमरे में पहुँच कर देखा कि वह बहुत जल्दी-जल्दी अपना सब सामान बाँध कर दुरुस्त कर रहा है। चकित हो कर पूछा—''यह क्या? चलोगे नहीं?''

देवदास बिना किसी ओर देखे कहा—हाँ, चलूँगा क्यों नहीं।

''तब यह सब क्या कर रहे हो?''

''जाने का इन्तजाम कर रहा हूँ।''

चुन्नी लाल ने कुछ मुस्कराते हुए सोचा कि तैयारी कुछ बुरी नहीं है और पूछा—''क्या सारा घर-बार भी साथ ही ले चलोगे?''

''नहीं तो किसके पास छोड़ जाऊँगा?''

चुन्नी लाल समझ नहीं पाया। उसने कहा—''आखिर मैं अपना सारा सामान किसके पास रख जाता हूँ? सब तो यहीं बासे में पड़ा रहता है।''

देवदास ने सहसा होश में आ कर कुछ लज्जित भाव से कहा—''चुन्नी बाबू, आज मैं घर जा रहा हूँ।''

''यह क्यों? और लौटेंगे कब?''

देवदास ने सिर हिला कर कहा—''अब मैं नहीं आऊँगा।''

चुन्नी लाल चकित होकर उसके मुँह की ओर देखने लगा। देवदास कहने लगा—''ये रुपये लो। लोगों का मेरे जिम्मे जो कुछ बाकी है, वह सब इसमें से चुका देना। अगर कुछ बच रहे तो बासे की नौकरानी और नौकर को बाँट देना। जितना देना हो वह सब इसी में से चुका देना। अब मैं कभी कलकत्ते नहीं आऊँगा।''

फिर उसने मन-ही-मन कहा—कलकत्ते आने से बहुत कुछ चला गया है।

आज यौवन के कुहासे से भरे हुए अन्धकार को भेद कर मानो उसे दिखाई दे रहा था कि उस दुर्दान्त दुर्विनीत किशोर वयस का वह अयाचित पददलित रत्न इस कलकत्ते की तुलना में भी कहीं अधिक बड़ा और कहीं अधिक मूल्यवान है। फिर चुन्नी लाल के मुँह की ओर देख कर उसने कहा—‘‘चुन्नी बाबू, शिक्षा, विद्या, बुद्धि, ज्ञान, उन्नति जो कुछ है, सब सुख के लिए है। चाहे जिस तरह से देखो, अपना सुख बढ़ाने के सिवा यह सब और कुछ भी नहीं है।’’

चुन्नी लाल ने उसे बीच में ही रोक कर कहा—‘‘तो क्या अब तुम लिखना-पढ़ना सब कुछ छोड़ दोगे?’’

‘‘बिल्कुल। अगर मुझे पहले यह मालूम होता कि सिर्फ इतना पढ़ने-लिखने से ही मेरा इतना अधिक नुकसान हो जायेगा तो मैं इस जन्म में कभी कलकत्ते का मुँह भी न देखता।’’

‘‘आखिर तुम्हें हो क्या गया है?’’

देवदास सोचने लगा। फिर कुछ देर बाद बोला—‘‘अगर फिर कभी भेंट होगी तो सब बातें बतलाऊँगा।’’

उस समय रात के लगभग नौ बजे थे। बासे के सब लोगों ने और चुन्नी लाल ने अतिशय विस्मित हो कर देखा कि देवदास गाड़ी पर अपना सारा असबाब रख कर और बासा छोड़ कर मानो सदा के लिए अपने घर चला गया। उसके चले जाने पर चुन्नी लाल ने नाराज हो कर बासे के और सब लोगों से कहा—इस तरह के रंगें सियारों को कोई जल्दी नहीं पहचान सकता!

आठवाँ परिच्छेद

होशियार और जानकार लोगों का स्वभाव होता है कि वे सिर्फ एक बार जरा-सा देख कर ही किसी चीज के दोष या गुण के बारे में अपनी राय प्रकट नहीं करते, सब ओर से पूरा विचार किये बिना पूरी धारणा नहीं बना लेते, दो तरफ से देख कर चारों ओर की बातें नहीं कहते। लेकिन एक और किस्म के लोग भी होते हैं जो इससे बिल्कुल उलटे होते हैं। ऐसे लोगों में किसी बात पर अधिक देर तक विचार करने का धीरज नहीं होता। जहाँ उनके हाथ में कोई चीज आयी कि वे तुरन्त ही निश्चय कर लेते हैं कि यह भली है अथवा बुरी। किसी बात की तह तक पहुँच कर उसे देखने के लिए जितने परिश्रम की आवश्यकता होती है, उसका काम ये

लोग अपने विश्वास के जोर पर ही चला लेते हैं। यह बात नहीं है कि इस तरह के लोग संसार में कुछ अधिक काम न कर सकते हों, बल्कि अनेक अवसरों पर तो ये लोग अक्सर अधिक काम भी कर जाते हैं, अगर भाग्य प्रसन्न हो तो ऐसे लोग उन्नति के सर्वोच्च शिखर पर भी दिखाई पड़ते हैं और नहीं तो फिर अवनति के गहरे गड्ढे में सदा के लिए सो जाते हैं, फिर उठ नहीं सकते, बैठ नहीं सकते, प्रकाश की ओर नहीं देखते, निश्चल और मृत हो कर जड़ पदार्थ की तरह पड़े रहते हैं। देवदास भी इसी श्रेणी का मनुष्य था।

दूसरे दिन सुबह-सवेरे वह घर जा पहुँचा। माँ ने चकित हो कर पूछा— ''देवदास क्या कॉलेज में फिर छुट्टियाँ हो गईं?''

देवदास सिर्फ 'हाँ' कह कर अन्यमनस्क व्यक्ति की तरह आगे बढ़ गया— पिता के प्रश्न का उत्तर भी वह कुछ इसी तरह दे कर उनसे कन्नी काट चला गया।

उन्होंने ठीक तरह से समझ न सकने के कारण गृहिणी से पूछा। उन्होंने बुद्धि लड़ा कर कहा—''गर्मी अभी तक कम नहीं हुई है, इसलिए फिर छुट्टी हो गई है!''

दो दिन तक देवदास इधर-उधर छटपटाता हुआ घूमता रहा, क्योंकि जो कुछ वह चाहता था, वह हो नहीं रहा था। पार्वती के साथ एकान्त में उसकी भेंट ही नहीं हुई। एक दिन पार्वती की माँ ने देवदास को अपने सामने देख कर कहा— ''बेटा, अगर तुम आ ही गये हो तो पार्वती के ब्याह तक ठहर जाओ।''

देवदास ने कहा—''अच्छा।''

दोपहर को भोजन आदि समाप्त हो जाने पर पार्वती पोखर पर पानी लाने के लिए जाया करती है। बगल में पीतल की कलसी ले कर आज भी घाट पर आ कर खड़ी हो गई। देखा कि पास ही देवदास एक बेर के पेड़ की आड़ में पानी में बंसी डाले बैठा हुआ है। एक बार उसके मन में आया कि यहाँ से लौट चलूँ। फिर मन में आया कि चुपचाप जल भर कर चली जाऊँ। लेकिन वह दोनों में से एक काम भी जल्दी न कर सकी। जब वह घाट पर कलसी रखने लगी तब शायद कुछ आवाज हुई जिससे देवदास ने सिर उठा कर उसकी ओर देखा। इसके बाद उसने हाथ से इशारा करते हुए पुकार कर कहा—''पारो, जरा सुन जाओ।''

पार्वती धीरे-धीरे उसके पास जा कर खड़ी हो गयी। देवदास ने सिर्फ एक बार सिर ऊपर उठाया, फिर वह बहुत देर तक शून्य दृष्टि से जल की ओर देखता रहा। पार्वती ने पूछा—''देव दा, मुझसे कुछ कहना है?''

देवदास ने बिना किसी ओर देखे कहा—''हाँ, बैठो।''

लेकिन पार्वती बैठी नहीं, सिर नीचा किये खड़ी रही। जब कुछ देर तक कोई बात नहीं हुई तब पार्वती बहुत धीरे-धीरे पैर बढ़ाती हुई घाट की ओर लौटने लगी। देवदास ने एक बार सिर उठा कर देखा। इसके बाद उसने फिर जल की ओर देखते हुए कहा—''सुनो।''

पार्वती फिर लौट आई। लेकिन देवदास फिर भी उससे कोई बात न कह सका और यह देख कर पार्वती फिर घाट की तरफ लौटने लगी। देवदास स्तब्ध हो कर बैठा रहा। थोड़ी देर बाद उसने घूम कर देखा कि पार्वती जल ले कर चलना चाहती है। तब वह बंसी एक किनारे रख कर घाट के पास आ खड़ा हुआ और बोला, ''मैं आ गया हूँ।''

पार्वती ने सिर्फ कलसी जमीन पर रख दी, लेकिन कुछ कहा नहीं।

''मैं आ गया हूँ पारो!''

पार्वती पहले तो कुछ देर तक चुप रही और अन्त में बहुत ही कोमल स्वर में बोली—''कैसे आना हुआ ?''

''तुम्हें पत्र लिखा था, याद नहीं है ?''

''नहीं।''

''यह क्या पारो, उस रात की बात याद नहीं है ?''

''याद तो है। लेकिन अब उस बात से मतलब ?''

उसका कंठ स्वर स्थिर लेकिन बहुत ही रूखा था। देवदास ने उसका मर्म नहीं समझा और कहा—''मुझे माफ करो पारो, तब मैंने इतना नहीं समझा था।''

''चुप रहो। वे सब बातें सुनना भी मुझे अच्छा नहीं लगता।''

''जिस तरह से भी होगा मैं माता-पिता को राजी कर लूँगा। बस तुम...''

पार्वती ने देवदास के चेहरे की तरफ एक बार तीक्ष्ण दृष्टि से देख कर कहा— ''तुम्हारे माता-पिता हैं, और मेरे नहीं ? उनके राजी होने या न होने की जरूरत नहीं ?''

देवदास ने लज्जित हो कर कहा—''हाँ, हैं क्यों नहीं पारो ? लेकिन उन्हें तो इससे इनकार नहीं है बस तुम...''

''तुमने कैसे जाना कि उनकी नामंजूरी नहीं है ?—बिल्कुल नामंजूरी है।''

देवदास ने हँसने का विफल प्रयास करते हुए कहा—''नहीं जी, उनकी जरा भी असहमति नहीं है—इसे मैं अच्छी तरह जानता हूँ, बस तुम...''

पार्वती बीच में ही तीखी आवाज में बोल उठी—''सिर्फ मैं ? तुम्हारे साथ ? छी: ...''

पलक मारते ही देवदास की दोनों आँखें आग की तरह जल उठीं। उसने कठोर स्वर में कहा—''पार्वती, क्या तुम मुझे भूल गयीं ?''

पहले पार्वती कुछ ठिठकी, लेकिन फिर उसने तुरन्त ही अपने आप को सँभाल कर शान्त, कठिन स्वर में उत्तर दिया—''नहीं, भूलूँगी क्यों ? मैं लड़कपन से तुम्हें देखती आ रही हूँ। जब से होश सँभाला है, तभी से तुमसे डरती आ रही हूँ। सो क्या इसलिए तुम मुझे भय दिखलाने के लिए आये हो ? लेकिन मुझको भी क्या तुम नहीं पहचानते ?''

यह कह कर वह निर्भीक भाव से तन कर खड़ी हो गई।

पहले तो देवदास के मुँह से कोई बात नहीं निकली। फिर कुछ देर बाद उसने कहा—''सदा से मुझसे डरती ही रही हो ? और कुछ भी नहीं ?''

पार्वती ने दृढ़ स्वर से कहा—''नहीं, और कुछ भी नहीं।''

''सच कहती हो ?''

''हाँ, सच ही कहती हूँ तुम पर मेरी जरा भी श्रद्धा नहीं है। मैं जिनके पास जा रही हूँ, वे धनवान, बुद्धिमान, शान्त और स्थिर हैं। वे धार्मिक हैं। मेरे माता-पिता मेरी मंगल-कामना करते हैं। इसलिए वे मुझे तुम्हारे जैसे अज्ञानी, चंचल-चित्त और दुर्दान्त व्यक्ति के हाथ कभी किसी तरह न सौंपेंगे। तुम रास्ता छोड़ दो।''

पहले तो देवदास ने कुछ इधर-उधर किया, एक बार मानो रास्ता छोड़ने के लिए भी वह तैयार हो गया। लेकिन फिर तुरन्त ही दृढ़तापूर्वक मुँह उठा कर बोला—''इतना अहंकार !''

पार्वती ने कहा—''क्यों नहीं होगा ? तुम अहंकार कर सकते हो, मैं नहीं कर सकती ? तुम में रूप है, गुण नहीं है; मुझमें रूप है और गुण भी है। तुम लोग बड़े आदमी हो, लेकिन मेरे पिता भी भीख नहीं माँगते-फिरते। इसके सिवा आगे चल कर मैं खुद भी तुम लोगों पर शायद भारी ही पड़ूँ, यह जानते हो ?''

देवदास अवाक् हो गया।

पार्वती फिर कहने लगी—''तुम सोच रहे हो कि तुम मेरा बहुत अधिक नुकसान कर सकोगे। अधिक न सही, लेकिन कुछ नुकसान जरूर कर सकते हो, यह मैं जानती हूँ। अच्छा, वही करो। बस मेरा रास्ता छोड़ दो।''

देवदास ने हत-बुद्धि हो कर पूछा—''नुकसान कैसे करूँगा।''

पार्वती ने तुरन्त ही उत्तर दिया—''मेरी बदनामी करके। अच्छा, जाओ बदनामी ही कर लेना।''

यह सुन कर देवदास हक्का-बक्का हो कर उसे देखने लगा। उसके मुँह से केवल इतना ही निकला—''मैं तुम्हारी बदनामी करूँगा ?''

पार्वती ने जहरीली हँसी हँस कर कहा—''जाओ, आखिरी वक्त मेरे नाम पर कलंक-भरी घोषणा कर दो। उस रात को मैं तुम्हारे पास अकेली गई थी, यही बात चारों तरफ सब पर जाहिर कर दो, इससे तुम्हें बहुत कुछ सन्तोष हो जायगा।''

यह कहते-कहते पार्वती के गर्वीले, क्रोध-भरे होंठ काँपते-काँपते रुक गये।

लेकिन देवदास का हृदय, मारे क्रोध और अपमान के, चट-चट करके जल उठा। उसने चीख कर कहा—''तुम्हारे नाम पर झूठा कलंक लगा कर मैं अपने मन में सन्तोष प्राप्त करूँगा?'' और दूसरे ही क्षण बंसी की मोटी मुठिया खूब ज़ोर से घुमाते हुए भीषण स्वर में कहा, ''सुनो पार्वती, अपने रूप पर इतराना अच्छा नहीं है। इससे अहंकार बहुत बढ़ जाता है।'' और इसके बाद उसने अपना स्वर कुछ धीमा करके कहा—''देखती नहीं हो कि चन्द्रमा में बहुत अधिक रूप है, इसलिए उस पर काला दाग है और कमल इतना सफेद है, इसलिए उस पर भौंरा बैठा रहता है। आओ, तुम्हारे भी चेहरे पर कुछ कलंक का चिह्न लगा दूँ।''

देवदास के सहने की हद खत्म हो चुकी थी। उसने बंसी की मुठिया घुमा कर पार्वती के सिर पर खूब जोर से चोट की जिससे उसके कपाल से लेकर बायीं भौं तक चमड़ी कट गयी। पलक झपकते ही उसका सारा मुँह खून से तर हो गया।

पार्वती जमीन पर लौट पड़ी और बोली—''अरे देव दा, यह तुमने क्या किया!''

देवदास ने बंसी को टुकड़े-टुकड़े करके जल में फेंकते हुए बहुत ही स्थिर भाव से उत्तर दिया—''ज्यादा कुछ नहीं, बहुत मामूली, सिर्फ थोड़ा-सा कट गया है।''

देवदास ने अपने पतले कुरते में से थोड़ी-सी धज्जी फाड़ कर और उसे जल में भिगो कर पार्वती के सिर पर बाँधते हुए कहा—''पारो, इसमें डर की क्या बात है! एक दिन यह चोट अच्छी हो जायेगी, खाली दाग रह जायेगा। अगर कभी कोई इस बारे में पूछे तो कोई झूठ बात बना कर कह देना; नहीं तो सच बोल कर अपने कलंक की बात खुद ही प्रकट कर देना।''

''अरी मइया री!''

''छी: पारो, ऐसा मत करो। इस अन्तिम विदाई के दिन केवल थोड़ी-सी याद रखने के लिए एक चिह्न बनाये देता हूँ। ऐसा चाँद-सा मुखड़ा बीच-बीच में शीशे में देखोगी तो जरूर?''

इतना कह कर देवदास उत्तर की अपेक्षा किये बिना ही वहाँ से चलने के लिए तैयार हो गया।

पार्वती ने आकुल हो कर रोते हुए कहा—''अरे, देव दा...''

देवदास लौट पड़ा। उसकी आँखों के कोनों में एक-एक बूँद जल था। वह बहुत ही स्नेहपूर्ण स्वर में बोला—''क्या है पारो ?''

''देखो, किसी से कहना मत।''

देवदास जरा झुक कर खड़ा हो गया और पार्वती के बालों पर अपने होंठ टिका कर बोला—''छी: पारो, तुम क्या मेरे लिए कोई पराई हो ? तुम्हें याद नहीं है कि जब तुम लड़कपन में शरारत करती थीं तब मैंने कितनी बार तुम्हारे कान मले हैं ?''

''देव दा, तुम मुझे माफ करो।''

''नहीं, तुम्हें यह कहने की जरूरत नहीं। पारो, क्या तुम सचमुच ही मुझे एकदम भूल गई हो ? मैंने कब तुम पर क्रोध किया है और तुम्हें माफ नहीं किया है ?''

''देव दा...''

''पार्वती, तुम तो जानती हो कि मैं बहुत ज्यादा बातें नहीं कर सकता। बहुत सोच-समझ कर भी कोई काम नहीं कर सकता। जब जो मन में आता है, वही कर बैठता हूँ।''

इसके बाद देवदास ने पार्वती के सिर पर हाथ रख कर उसे आशीर्वाद देते हुए कहा—''तुमने अच्छा ही किया है। तुम तो शायद मेरे पास रह कर सुख न पातीं; लेकिन तुम्हारे देव दा को तो अक्षय स्वर्गवास ही मिलता।''

इसी समय घाट पर दूसरी तरफ से कोई आ रहा था। पार्वती धीरे-धीरे उठ कर जल में उतरी और देवदास वहाँ से चला गया। जब पार्वती लौट कर घर आई, तब दिन ढल गया था। दादी ने बिना उसकी ओर अच्छी तरह देखे ही पूछा—''क्यों बेटी, क्या नया तालाब खोद कर पानी लाई हो ?''

लेकिन उनके मुँह की बात मुँह में ही रह गई। पार्वती के मुख की ओर देखते ही वे चिल्ला उठीं—''अरे बाप रे ! यह सर्वनाश कैसे हुआ ?''

घाव में से उस समय भी खून बह रहा था। कपड़े भी खून से लाल हो गये थे। दादी ने रोते हुए कहा—''अरी मइया री ! पार्वती, तेरा तो ब्याह है !''

पार्वती ने स्थिर भाव से कलसी उतार कर रख दी। उसकी माँ ने आ कर रोते हुए पूछा—''पारो, यह सर्वनाश कैसे हुआ ?''

पार्वती ने सहज भाव से उत्तर दिया—''घाट पर पैर फिसल जाने से गिर पड़ी थी। ईंट लग जाने से माथा कट गया है।''

इसके बाद सब मिल कर उसकी मरहम-पट्टी करने लग गयीं। देवदास ने ठीक ही कहा था—''चोट बहुत ज्यादा नहीं थी। चार ही पाँच दिन में घाव सूख

गया। और भी आठ दस दिन इसी तरह बीत गये। इसके बाद एक दिन रात को हाथीपोता गाँव के जमींदार श्रीयुत भुवनमोहन वर बन कर विवाह करने आये। उत्सव में कुछ अधिक धूम-धाम नहीं हुई। भुवन बाबू कोई अबोध तो थे नहीं, प्रौढ़ अवस्था में दूसरा ब्याह करने के लिए आये थे, इसलिए उन्होंने छोकरा बनना ठीक नहीं समझा।

वर की अवस्था चालीस बरस से नीचे नहीं, कुछ ऊपर ही है। गौर वर्ण, मोटे-ताजे, नन्द के दुलारे श्रीकृष्ण की तरह का शरीर, खिचड़ी मूँछें, सिर पर सामने की तरफ थोड़ी दूर के बाल उड़े हुए । वर को देख कर कोई तो हँसा और कोई चुप ही रहा। भुवन बाबू शान्त और गम्भीर मुख से मानो एक अपराधी की तरह विवाह-मंडप में आकर खड़े हुए। छोटी अवस्था के वरों के कान जिस तरह मले जाते हैं और उन पर जो तरह-तरह के अत्याचार होते हैं, वे सब उनके साथ बिल्कुल नहीं हुए। कारण, ऐसे विज्ञ और गम्भीर व्यक्ति के कान मलने के लिए किसी का हाथ उठा ही नहीं। वर-वधू का आमना-सामना कराये जाने की रस्म के समय पार्वती कुछ कसमसाती हुई देख कर रह गई। उसके होंठों के कोने पर हँसी की एक रेखा थी। भुवन बाबू ने लड़कों की तरह दृष्टि नीचे कर ली। मुहल्ले टोले की स्त्रियाँ खिलखिला कर हँस पड़ीं। चक्रवर्ती महाशय इधर-उधर दौड़-धूप करने लगे। बहुदर्शी जमींदार नारायण मुकर्जी लड़की वालों की तरफ से घर के मालिक बने हुए हैं। पक्के आदमी ठहरे, इसलिए उन्होंने किसी तरफ से किसी बात की त्रुटि न होने दी। विवाह की रस्में बहुत ही व्यवस्था के साथ समाप्त हो गयीं।

दूसरे दिन सबेरे चौधरी महाशय ने जेवरों का एक बक्सा निकाल कर दिया। पार्वती के शरीर पर सज कर वे सब झलमला उठे। पार्वती की माता ने यह देख कर अपने आँचल से आँखों के कोने पोंछ लिये। पास ही जमींदार-पत्नी भी खड़ी थीं। उन्होंने स्नेहपूर्वक झिड़कते हुए कहा—‘‘देखो बहन, इस समय रो कर असगुन मत करना।’’

सन्ध्या से कुछ पहले मनोरमा पार्वती को खींच कर एक निर्जन कोठरी में ले गई और वहाँ उसे आशीर्वाद देती हुई बोली—‘‘जो कुछ हुआ, अच्छा ही हुआ। अब देखना तुम कितने सुख से रहती हो।’’

पार्वती ने कुछ हँस कर कहा—‘‘हाँ, सुख से ही रहूँगी। कल यम के साथ थोड़ा-सा परिचय हो गया है कि नहीं!’’

‘‘हैं! यह कैसी बात है?’’

‘‘समय आने पर देख लोगी।’’

इस पर मनोरमा ने कुछ दूसरी बात छेड़ दी—‘‘जी चाहता है कि एक बार

देवदास को बुला लाऊँ और यह सोने की प्रतिमा दिखलाऊँ।''

पार्वती चौंक पड़ी।''ला सकोगी बहन? क्या एक बार बुला कर नहीं लाया जा सकता?''

उसके कंठ का स्वर सुन कर मनोरमा सिहर उठी। उसने पूछा—''क्यों पार्वती?''

पार्वती ने अपने हाथ का कड़ा घुमाते हुए अनमनेपन से कहा—''एक बार उनके चरणों की धूल अपने मस्तक पर लगाऊँगी—आज मैं जा रही हूँ न!''

मनोरमा ने पार्वती को खींच कर गले से लगा लिया और तब दोनों मिल कर खूब रोयीं। सन्ध्या हो गई। घर में अँधेरा छा गया। दादी ने बाहर से दरवाजे पर धक्का देते हुए कहा—''अरे पारो, मनो, तुम सब जरा बाहर आओ।''

उसी रात को पार्वती अपने स्वामी के घर चली गई।

नवाँ परिच्छेद

और देवदास? वह रात उसने कलकत्ते के ईडन गार्डन की एक बेंच पर ऊपर बैठ कर बितायी। यह बात नहीं है कि उसे बहुत अधिक मानसिक कष्ट हो रहा था या यातना से उसका हृदय फटा जा रहा था। तो भी, न जाने कैसी एक शिथिल उदासीनता धीरे-धीरे उसके हृदय में जमा हो रही थी। अगर नींद ही में लकवा मार जाये तो फिर नींद टूटने पर जिस तरह उस अंग को खोजने की कोशिश पर आदमी का अधिकार नहीं रहता और चकित-विस्मित मन जल्दी से यह तय नहीं कर पाता कि जन्म से उसका साथ निभाने वाला और सदा का विश्वस्त साथी टटोले जाने पर क्यों उत्तर नहीं देता और उसके बाद धीरे-धीरे यह समझ में आता है कि वह अंग अब हमारा नहीं रह गया है—ठीक उसी तरह देवदास भी समझता जा रहा था कि मेरे संसार को अकस्मात लकवा मार गया है और अब उससे सदा के लिए मेरा विच्छेद हो गया है। अब उस पर मिथ्या क्रोध और मान करना शोभा न देगा। पुराने अधिकार की बात सोचना भी भूल होगी। उस समय सूर्योदय हो रहा था। देवदास उठ कर खड़ा हो गया और सोचने लगा कि कहाँ जाऊँ? अचानक उसे अपना कलकत्ते वाला बासा याद आ गया। वहाँ चुन्नी लाल है। वह उधर ही को चलने लगा। रास्ते में उसने दो बार धक्का खाया; ठोकर खा कर उसने अपनी उँगली लहू-लुहान कर ली; लड़खड़ा कर एक आदमी के ऊपर गिर रहा था, जिसने शराबी

समझ कर उसे धकेल दिया। इस तरह घूमता-घूमता दिन के अन्त में भटकता हुआ वह अपने बासे के दरवाजे पर आ पहुँचा। उस समय चुन्नी लाल सज-धज कर बाहर घूमने के लिए निकल रहा था। देवदास को देखकर बोला—‘‘अरे, क्या देवदास है।’’

देवदास चुपचाप देखता रहा।

‘‘कब आये? तुम्हारा मुँह सूखा हुआ है। स्नान, भोजन आदि कुछ नहीं हुआ है...अरे यह क्या? यह क्या?’’

देवदास रास्ते पर ही बैठा जा रहा था। चुन्नी लाल हाथ पकड़ कर अन्दर ले गया। अपने पलँग पर बैठा कर उसने शान्त करके पूछा—‘‘देवदास, आखिर बात क्या है?’’

‘‘कल घर से आया हूँ।’’

‘‘कल? तो फिर दिन भर कहाँ रहे? और रात भर कहाँ रहे?’’

‘‘ईडन गार्डेन में।’’

‘‘क्या पागल हो गये हो? हुआ क्या है, बतलाओ तो सही।’’

‘‘सुन कर क्या करोगे?’’

‘‘न बतलाओ। अच्छा पहले खा-पी लो। तुम्हारा असबाब कहाँ है?’’

‘‘कुछ भी साथ नहीं लाया।’’

‘‘अच्छा जाने दो। चलो, पहले खा लो।’’

उस समय चुन्नी लाल देवदास को जबरदस्ती कुछ खिला-पिला कर और अपने बिस्तर पर सोने का आदेश दे कर दरवाजा बन्द करते हुए कहा—‘‘जरा सोने की कोशिश करो। मैं रात को आ कर तुम्हें उठा दूँगा।’’

यह कह कर चुन्नी लाल उस समय चला गया। रात को दस बजे के लगभग लौट कर उसने देखा कि देवदास बिछौने पर गहरी नींद में सो रहा है। उसे जगाये बिना खुद एक कम्बल खींच कर चटाई बिछा कर वह सो रहा। सारी रात बीत गई, पर देवदास की नींद नहीं खुली। यहाँ तक कि सबेरा होने पर भी वह नहीं जागा। दिन के दस बजे वह उठ बैठा और बोला—‘‘चुन्नी बाबू, तुम कब आये?’’

‘‘बस, अभी आया हूँ। तुम्हें किसी तरह की तकलीफ तो नहीं हुई?’’

‘‘नहीं, बिल्कुल नहीं।’’

देवदास ने कुछ देर तक उसके मुँह की ओर देख कर कहा—‘‘चुन्नी बाबू, मेरे पास कुछ भी नहीं है। क्या मेरी कुछ मदद करोगे?’’

चुन्नी लाल हँस पड़ा। वह जानता था कि देवदास के पिता बहुत बड़े जमींदार हैं। इसलिए हँस कर बोला—‘‘मैं मदद करूँ? अच्छी बात है। जब तक तुम्हारी

इच्छा हो, यहाँ रहो । कोई चिन्ता की बात नहीं है ।''

''चुन्नी बाबू, तुम्हारी आमदनी कितनी है ?''

''भाई, मेरी आमदनी बहुत ही मामूली है । घर पर कुछ जमीन-जायदाद है । उसे अपने बड़े भाई के पास गिरवी रख कर यहाँ रहता हूँ । वे हर महीने सत्तर रुपये के हिसाब से मेरे पास भेज देते हैं । इससे तुम्हारा और मेरा खर्च मजे में चल जायेगा ।''

''तुम घर क्यों नहीं जाते ?''

चुन्नी लाल ने कुछ मुँह फेर कर—''इसमें बहुत-सी बातें हैं ।''

देवदास ने फिर और कुछ नहीं पूछा । कुछ देर बाद भोजन के लिए पुकार हुई । तब दोनों स्नान और भोजन समाप्त करके फिर कमरे में आ बैठे । चुन्नी लाल ने पूछा—''क्यों देवदास, पिता के साथ कुछ झगड़ा किया है ?''

''नहीं ।''

''और किसी के साथ ?''

देवदास ने फिर उसी प्रकार कह दिया—''नहीं ।''

इसके बाद चुन्नी लाल को सहसा एक और बात याद हो आई! उसने कहा—''ओहो! तुम्हारा तो अभी तक ब्याह ही नहीं हुआ ।''

देवदास कुछ कहे बिना दूसरी ओर मुँह फेर कर लेट गया । थोड़ी देर में चुन्नी लाल ने देखा कि देवदास सो गया है । इस तरह सोते-सोते और भी दो दिन बीत गये । तीसरे दिन सबेरे देवदास स्वस्थ हो कर उठ बैठा । जान पड़ा कि उसके मुख पर से वह काली छाया मानो बहुत कुछ दूर हो गई है । चुन्नी लाल ने पूछा—''आज शरीर कैसा है ?''

''जान पड़ता है कि बहुत कुछ अच्छा है । अच्छा, चुन्नी बाबू, रात को तुम कहाँ जाते हो ?''

आज चुन्नी लाल कुछ लज्जित हुआ । बोला—''हाँ, सो जाता हूँ, लेकिन उस बात का जिक्र क्यों करते हो ? अच्छा, आजकल तुम कालेज क्यों नहीं जाते ?''

''लिखना-पढ़ना छोड़ दिया है ।''

''अरे, ऐसा कहीं होता है ! दो महीने बाद तुम्हारी परीक्षा है । तुम्हारी पढ़ाई भी बुरी नहीं हुई है । इस बार परीक्षा क्यों नहीं दे देते ?''

''नहीं, पढ़ना छोड़ दिया है ।''

चुन्नी लाल चुप हो गया । देवदास ने फिर पूछा—''कहाँ जाते हो ? मुझे नहीं बतलाओगे ? मैं भी तुम्हारे साथ चलूँगा ।''

चुन्नी लाल ने देवदास के मुख की ओर देख कहा—''देवदास, तुम क्या

जानो मैं कोई अच्छी जगह नहीं जाता।''

देवदास ने मानो मन-ही-मन कहा—अच्छी और बुरी व्यर्थ की बात है। फिर बोला—''चुन्नी बाबू, मुझे अपने साथ न ले चलोगे ?''

चुन्नी लाल ने कहा—''मुझे क्या दिक्कत होगी देव बाबू। फिर भी यही कहूँगा कि न ही चलो तो अच्छा है।''

''नहीं, मैं जरूर चलूँगा। अगर अच्छा न लगेगा तो फिर न जाऊँगा, लेकिन तुम तो सुख की आशा से रोज ही उधर को मुँह किये रहते हो—कुछ भी हो, चुन्नी बाबू, मैं अवश्य चलूँगा।''

चुन्नी लाल मुँह फेर कर कुछ हँसा और मन-ही-मन बोला, मेरी दशा ! फिर प्रकट बोला—''अच्छा भाई, चलना।''

तीसरे पहर धर्मदास सब सामान ले कर आ पहुँचा। देवदास को देख कर वह रोने लगा और बोला—''देव भइया, आज तीन-चार दिन से माँ कितना रो रही हैं।''

''क्यों भला ?''

''तुम बिना कुछ कहे-सुने क्यों चले आये ?''

यह कह कर उसने एक पत्र निकाला और देवदास के हाथ में देकर कहा—यह माँ की चिट्ठी है।

चुन्नी लाल भीतरी बात जानने के लिए उत्सुक हो कर देखता रहा। देवदास ने पत्र पढ़ कर रख दिया। माँ ने घर आने के लिए आदेश और अनुरोध किया है। घर भर में केवल वही ऐसी है जिसने देवदास के अचानक घर से गायब हो जाने के कारण कुछ अनुमान किया था। उसने धर्मदास के हाथ चोरी से बहुत-से रुपये भी भेजे थे। धर्मदास ने उन्हें देवदास के हाथ में देते हुए कहा—''देव भइया, घर चलो।''

''नहीं, मैं नहीं जाऊँगा। तुम लौट जाओ।''

''रात को दोनों मित्र खूब सज-धज कर घर से बाहर निकले। इन सब बातों की ओर देवदास की प्रवृत्ति तो नहीं थी, लेकिन चुन्नी लाल किसी तरह एक ही बात पर राजी हुआ कि बिल्कुल मामूली कपड़े पहन कर न चला जाय। रात के नौ बजे के समय किराये की एक गाड़ी चितपुर के एक दो-मंजिले मकान के सामने आ कर खड़ी हो गई। चुन्नी लाल ने देवदास का हाथ पकड़ कर भीतर प्रवेश किया। मकान मालकिन का नाम था चन्द्रमुखी। उसने आ कर स्वागत किया। अब तो देवदास का सारा शरीर जल उठा। वह खुद नहीं जानता था कि इधर कई दिनों से वह बिल्कुल अज्ञात रूप से नारी शरीर की छाया से भी विमुख हो रहा था। चन्द्रमुखी को देखते

ही उसके हृदय के अन्दर छिपी हुई प्रबल घृणा दावाग्नि की तरह भड़क उठी। उसने चुन्नी लाल की ओर देख कर और भौंहें चढ़ाकर कहा—''चुन्नी बाबू, तुम मुझे किस कम्बख़्त जगह में ले आये ?''

उसके तीखे स्वर और दृष्टि से चन्द्रमुखी और चुन्नी लाल दोनों ही हत बुद्धि हो गये। दूसरे ही क्षण चुन्नी लाल ने अपने आप को सँभालते हुए देवदास का एक हाथ पकड़ कर कोमल स्वर से कहा—''चलो-चलो, अन्दर चल कर बैठें।''

देवदास ने कोई उत्तर नहीं दिया। वह कमरे के अन्दर जा कर जमीन पर बिछे हुए बिछौने पर बहुत ही दुखी भाव से सिर झुका कर बैठ गया। चन्द्रमुखी भी चुपचाप बैठ गई। नौकरानी चाँदी के हुक्के पर तमाखू चढ़ा कर ले आई। देवदास ने उसे छुआ भी नहीं। चुन्नी लाल भी मुँह भारी किये चुपचाप बैठा रहा। नौकरानी की समझ में नहीं आया कि अब मैं क्या करूँ, इसलिए अन्त में वह चन्द्रमुखी के हाथ में हुक्का दे कर चली गई। उसके दो एक कश खींचने के समय देवदास ने तीखी दृष्टि से उसके चेहरे की ओर देखते हुए सहसा बहुत ही घृणा के साथ कहा—''कैसी असभ्य है ! और देखने में कैसी श्रीहीन मालूम होती है !''

इससे पहले चन्द्रमुखी को कोई कभी बातचीत में छका नहीं सका था। उसे अप्रतिभ करना बहुत ही कठिन काम था, लेकिन देवदास की यह आन्तरिक घृणा से भरी कठोर टिप्पणी उसके अन्त:करण के भीतरी भाग तक जा पहुँची। क्षण भर के लिए वह हत-बुद्धि-सी हो गई। इसके कुछ ही क्षण बाद दो-तीन बार हुक्के की गुड़गुड़ाहट का शब्द तो हुआ, लेकिन चन्द्रमुखी के मुख से घुआँ बाहर नहीं निकला। तब चुन्नी लाल के हाथ में हुक्का दे कर उसने एक बार देवदास के चेहरे की ओर देखा। इसके बाद वह चुपचाप बैठी रही। तीनों ही आदमी चुप थे। सिर्फ हुक्के की गुड़गुड़ाहट हो रही थी। लेकिन वह भी मानो बहुत ही डरते-डरते। मित्र-मंडली में कोई तर्क उठने पर जब अचानक व्यर्थ का झगड़ा हो जाता है और सब लोग चुपचाप अपने मन ही मन फूलते रहते हैं और क्षुब्ध अन्त:करण से झूठ-मूठ कहते रहते हैं—'यही तो !' उसी प्रकार वे तीनों ही मन-ही-मन कह रहे थे—यही तो ! यह बात कैसे हो गई !

जिस प्रकार भी हो, तीनों में से किसी को भी शान्ति नहीं मिल रही थी। चुन्नी लाल हुक्का रख कर नीचे उतर गया। जान पड़ता है, उसे और कोई काम ढूँढने पर भी नहीं मिला। इसलिए कमरे में दोनों आदमी बैठे रहे। देवदास ने सिर उठा कर पूछा—''तुम रुपये लेती हो ?''

चन्द्रमुखी सहसा कोई उत्तर न दे सकी। आज उसकी अवस्था चौबीस वर्ष की है। इन नौ-दस वर्षों में कितने ही विभिन्न प्रकृति वाले लोगों के साथ उसका

घनिष्ठ परिचय हुआ है; लेकिन, ऐसा विलक्षण आदमी उसने एक दिन भी नहीं देखा। उसने कुछ इधर-उधर करके कहा—''आपके चरणों की धूल जब मेरे मकान में आ कर पड़ी है...''

देवदास ने बात समाप्त नहीं करने दी, बीच में ही वह बोल उठा—''चरणों की बात नहीं पूछता। रुपये लेती हो न?''

''हाँ, लेती क्यों नहीं। न लूँ, तो हम लोगों का काम कैसे चले?''

''बस, रहने दो, ज्यादा नहीं सुनना चाहता।''

यह कह कर देवदास ने अपने जेब में हाथ डाल कर एक नोट निकाला और उसे चन्द्रमुखी के हाथ में देते हुए चलने को कदम बढ़ाया। यह भी नहीं देखा कि कितने रुपये का नोट दिया है।

चन्द्रमुखी ने विनीत भाव से कहा—''क्या इतनी जल्दी चले जायेंगे?''

देवदास ने कोई जवाब नहीं दिया, वह बाहर बरामदे में आ कर खड़ा हो गया।

चन्द्रमुखी के मन में एक बार आया कि ये रुपये लौटा दूँ, लेकिन न जाने कैसे एक प्रबल संकोच के कारण वह लौटा न सकी। जान पड़ता है उसे कुछ भय भी हुआ। इसके सिवा उन लोगों को अनेक प्रकार की लांछनाएँ, फटकारें और अपमान आदि सहने का अभ्यास भी होता है, इसलिए वह निर्वाक् निस्स्पन्द हो कर चौखट पकड़े खड़ी रही। देवदास सीढ़ियों से नीचे उतर गया।

सीढ़ी पर ही चुन्नी लाल से भेंट हो गई। उसने चकित होकर पूछा— ''देवदास, कहाँ जा रहे हो?''

''बासे की तरफ जा रहा हूँ।''

''यह क्यों?''

देवदास और भी दो-तीन सीढ़ियाँ उतर गया।

चुन्नी लाल ने कहा—''चलो, मैं भी चलता हूँ।''

देवदास ने पास आकर और उसका हाथ पकड़ कर कहा—''चलो।''

''जरा ठहरो। जरा ऊपर हो आऊँ।''

''नहीं। मैं जाता हूँ, तुम बाद में आ जाना।''

देवदास चला गया।

चुन्नी लाल ने ऊपर आ कर देखा कि चन्द्रमुखी तब भी उसी प्रकार चौखट पकड़े खड़ी है।

उसे देख कर बोली—''तुम्हारे दोस्त चले गये?''

''हाँ।''

चन्द्रमुखी ने अपने हाथ का नोट दिखला कर कहा—''यह देखो। लेकिन अगर ठीक समझते हो तो लेते जाओ। अपने दोस्त को लौटा देना।''

चुन्नी लाल ने कहा—''वह अपनी इच्छा से दे गया है। मैं वापस क्यों ले जाऊँ ?'' इतनी देर बाद चन्द्रमुखी कुछ हँस सकी, लेकिन उस हँसी में भी आनन्द नहीं था। बोली—''अपनी इच्छा से नहीं, बल्कि हम लोग रुपये लेते हैं इससे नाराज हो कर दे गये हैं। क्यों चुन्नी बाबू, क्या यह आदमी पागल है ?''

''नहीं, बिल्कुल नहीं। लेकिन ऐसा मालूम होता है कि आज कई दिन से उसका मिजाज ठीक नहीं है।''

''कुछ जानते हो क्यों मिजाज ठिकाने नहीं है ?''

''नहीं जानता। शायद घर पर कुछ लड़ाई-झगड़ा हुआ है।''

''तो यहाँ लाये क्यों ?''

''मैं तो नहीं लाना चाहता था, वह खुद ही जबरदस्ती आया था।''

इस बार चन्द्रमुखी को सचमुच ही बहुत आश्चर्य हुआ। पूछा—''खुद ही जबरदस्ती आये थे ? सब कुछ जान-बूझ कर ?''

चुन्नी लाल ने कुछ सोच कर कहा—''और नहीं तो क्या, सब कुछ तो जानता है। मैं कोई धोखा दे कर थोड़े ही लाया था।''

चन्द्रमुखी पहले तो कुछ देर तक चुप रही। फिर न जाने क्या सोच कर बोली—''चुन्नी बाबू, तुम मेरा एक उपकार करोगे ?''

''क्या ?''

''तुम्हारे मित्र कहाँ रहते हैं ?''

''मेरे पास ही।''

''उन्हें फिर किसी दिन यहाँ ला सकते हो ?''

''मालूम होता है कि नहीं ला सकूँगा। इससे पहले भी वह कभी ऐसी जगह नहीं आया और शायद अब आगे भी न आयेगा। लेकिन उसे क्यों बुलाना चाहती हो ?''

चन्द्रमुखी ने कुछ म्लान हँसी हँस कर कहा—''चुन्नी बाबू, जैसे भी हो, एक बार बुला कर उन्हें फिर ले आओ।''

चुन्नी लाल हँसा। उसने आँख दबा कर कहा—''क्या फटकार खा कर प्रेम जाग गया है ?''

चन्द्रमुखी भी हँसी। बोली—''बिना देखे ही नोट देकर चले जाते हैं—इसे नहीं समझे ?''

चुन्नी लाल चन्द्रमुखी को बहुत-कुछ पहचान गया था। सिर हिला कर

बोला—''नहीं नहीं। नोट-फोट की लालची और ही होती हैं। तुम उनमें से नहीं हो। लेकिन असल बात क्या है, कहो तो ?''

चन्द्रमुखी ने कहा—''सचमुच ही कुछ मोह हो गया है।''

चुन्नी को विश्वास नहीं हुआ। हँस कर बोला—''बस, इन्हीं पाँच मिनटों के अन्दर ?''

अब चन्द्रमुखी भी हँसने लगी। बोली—''उसे होने हो। जब उनका मन ठिकाने हो, तब फिर एक बार लाना, उन्हें फिर एक बार देखूँगी। ले आओगे न ?''

''क्या जाने !''

''तुम्हें, मेरे सिर की कसम।''

''अच्छा, देखा जायगा।''

दसवाँ परिच्छेद

पार्वती ने आ कर देखा कि उसके स्वामी का मकान बहुत बड़ा है, लेकिन वह नये साहबी फैशन का नहीं, पुराने ढंग का है। मरदाना महल, जनाना महल, पूजा का दालान, नाट्य-मन्दिर, अतिथि शाला, कचहरी, तोशखाना और बहुत से दास तथा दासियाँ हैं। पार्वती अवाक रह गई। उसने सुना था कि स्वामी बहुत बड़े आदमी हैं, जर्मींदार हैं। लेकिन इतना नहीं समझा था। अभाव केवल आदमियों का है। नजदीकी रिश्तेदार के नाम पर कोई भी नहीं है। इतना बड़ा जनाना महल है, लेकिन आदमियों से खाली है। पार्वती अभी ब्याह कर आई हुई लड़की थी, फिर भी एकदम से गृहिणी बन गई। उसका स्वागत करके घर के अन्दर लाने के लिए एक बूढ़ी बुआ थी। उसके अलावा घर में केवल दास-दासियों का ही दल था।

शाम हुई तो बीस वर्ष के एक सुशील और सुन्दर युवक ने आकर प्रणाम करके कहा—''माताजी, मैं आपका बड़ा लड़का हूँ।''

पार्वती ने घूँघट के अन्दर से ही उसकी ओर जरा-सा देखा, पर कुछ कहा नहीं। उसने फिर प्रणाम करके कहा—''माता जी, मैं आपका बड़ा लड़का हूँ। प्रणाम करता हूँ।''

इस बार पार्वती ने अपना घूँघट मस्तक तक पीछे हटा कर कोमल स्वर में कहा—''आओ बेटा, बैठो।''

लड़के का नाम महेन्द्र था। वह कुछ देर तक अवाक होकर पार्वती के चेहरे

की ओर देखता रहा। इसके बाद पास ही बैठ गया और विनीत स्वर में कहने लगा—
‘‘आज दो बरस हुए, हम अपनी माँ को खो बैठे हैं। इन दो बरसों से दु:ख और कष्ट में ही हम लोगों के दिन बीते हैं। माँ, आज तुम आ गईं। आशीर्वाद दो, जिससे अब हम लोग सुख से रहें।’’

पार्वती ने बहुत ही सहज स्वर में बातें कीं। कारण, एकदम गृहिणी बन जाने पर बहुत-सी बातें जानने और कहने की आवश्यकता होती है। लेकिन सम्भव है कि यह कहानी बहुत-से लोगों को कुछ अस्वाभाविक जान पड़े। पर जिन लोगों ने पार्वती को कुछ ज्यादा अच्छी तरह पहचाना है, वे देखेंगे कि अवस्था के इन अलग-अलग परिवर्तनों ने पार्वती को उसकी उम्र की अपेक्षा बहुत-कुछ परिपक्व कर दिया है। इसके अलावा बेकार की लज्जा-शरम या जड़ता-संकोच उसमें कभी था ही नहीं। उसने पूछा—‘‘क्यों बेटा, मेरे और सब लड़के-लड़कियाँ कहाँ हैं ?’’

महेन्द्र ने हँस कर कहा—‘‘बतलाता हूँ। तुम्हारी बड़ी लड़की और मेरी छोटी बहन अपनी ससुराल में है। मैंने चिट्ठी लिखी थी, लेकिन यशोदा किसी तरह न आ सकी।’’

पार्वती ने दुखी हो कर पूछा—‘‘आ नहीं सकी, या जान-बूझ कर ही नहीं आई है ?’’

महेन्द्र ने कुछ लज्जित हो कर कहा—‘‘माँ, यह ठीक नहीं मालूम।’’

लेकिन उसकी बात से और मुख के भाव से पार्वती ने समझ लिया कि यशोदा कुछ नाराज है और इसलिए नहीं आई। फिर पूछा—‘‘और मेरा छोटा लड़का ?’’

महेन्द्र ने उत्तर दिया—‘‘वह जल्दी ही आयेगा, कलकत्ते में है। परीक्षा होते ही आ जायेगा।’’

भुवन चौधरी अपनी जमींदारी का काम-काज खुद ही देखते हैं। इसके अलावा खुद ही रोज अपने हाथों से शालिग्राम-शिला की पूजा करना, व्रत, नियम, उपवास करना और मंदिर और अतिथिशाला के साधु-संन्यासियों की सेवा करना— इन्हीं सब तरह-तरह के कामों में सबेरे से रात के दस-ग्यारह बजे तक का उनका सारा समय बीत जाता था। नया विवाह होने पर भी उनमें किसी प्रकार का नवीन आमोद या आल्हाद प्रकट नहीं हुआ। रात को किसी दिन वे अन्दर आते थे और किसी दिन नहीं आ पाते थे। आने पर भी वे बहुत ही मामूली बातचीत करते थे। बहुत हुआ तो पलँग पर लेट जाते थे और गाव तकिया खींच कर आँखें बन्द करके कहते—‘‘तुम्हीं घर की मालकिन हो, खुद ही सब कुछ देख-सुन कर समझ-बूझ कर गृहस्थी चलाना।’’

पार्वती सिर हिला कर कहती—‘‘अच्छा।’’

भुवन बाबू कहते—''और देखो, ये सब लड़के-लड़कियाँ तुम्हारी ही हैं।''

स्वामी की लज्जा देख कर पार्वती की आँखों के कोने से हँसी फूट निकलती थी। वे फिर हँस कर कहते—''और देखो, यह महेन्द्र तुम्हारा बड़ा लड़का है। अभी हाल में उसने बी०ए० पास किया है। ऐसा अच्छा लड़का है, इतना विनम्र है! तनिक यत्न और आत्मीयता से...''

पार्वती हँसी रोक कर कहती—''हाँ, मैं जानती हूँ, वह मेरा बड़ा लड़का है।''

''हाँ हाँ, जानोगी क्यों नहीं! ऐसा लड़का कभी किसी ने कहीं देखा न होगा। और मेरी यशोमती, लड़की नहीं प्रतिमा है। वह अवश्य आयेगी। आयेगी क्यों नहीं, अपने बूढ़े बाप को देखने न आयेगी? जब आये, तब उसे...''

पार्वती उनके पास आ कर मुलायम आवाज़ में कहती—''तुम्हें चिन्ता करने की आवश्यकता नहीं। यशोदा के लिए मैं आदमी भेजूँगी—और नहीं तो महेन्द्र खुद ही चला जायेगा।''

''वह जायेगा? जायेगा? अच्छा उसे बहुत दिनों नहीं देखा। तुम आदमी भेजोगी?''

''हाँ, भेजूँगी क्यों नहीं। मेरी लड़की है, उसे बुलाने के लिए आदमी न भेजूँगी?''

उस समय भुवन महाशय मारे उत्साह के उठ बैठते। वे अपना और पार्वती का सम्बन्ध भूल कर उसके सिर पर हाथ रख कर आशीर्वाद देते हुए कहते—''तुम्हारा भला होगा। मैं आशीर्वाद देता हूँ, तुम सुखी होगी, भगवान् तुम्हें दीर्घायु करेंगे।''

उसी समय अचानक न जाने और क्या-क्या बातें भुवन चौधरी को याद हो आतीं। फिर पलँग पर लेट कर आँखें बन्द करके मन-ही-मन कहते—''बड़ी लड़की, एक ही लड़की थी, वह इसे बहुत चाहती थी...''

उस समय उनकी खिचड़ी मूँछों के पास से हो कर आँसू की एक बूँद तकिये पर आ पड़ती। पार्वती उसे पोंछ देती थी। कभी-कभी वह बहुत धीरे से कहते—''आहा, वे सभी आयेंगे। फिर एक बार सारा घर-बार चमक उठेगा, खूब रौनक होगी। पहले कैसी बढ़िया गृहस्थी थी! लड़के थे, लड़की थी, घरवाली थी। खूब हो-हल्ला मचा रहता था। मानो रोज ही दुर्गोत्सव रहता था। इसके बाद एक दिन सब हवा हो गया। लड़के कलकत्ते चले गये, यशोदा को उसके ससुर आ कर ले गये—फिर अन्धकार शमशान...''

उसी समय फिर उनके आँसू बहने शुरू हो जाते। पार्वती कातर हो कर आँसू

पोंछ कर कहती—''महेन्द्र का ब्याह क्यों नहीं कर दिया ?''

भुवन कहते—''आहा, वह मेरे लिए बहुत ही सुख का दिन होता। मैंने वही तो सोचा था। लेकिन उसके मन की बात कौन जाने! उसने जिद भी कैसी की, किसी तरह भी ब्याह नहीं किया। तभी तो वृद्धावस्था में...जब सारा घर-बार भायँ-भायँ करता था, भाग्यहीन घर की तरह मलिन हो रहा था, मानो लक्ष्मी छोड़ कर चली गई हो, किसी तरह कहीं कुछ प्रकाश दिखाई ही नहीं देता था...यह...''

ये बातें सुन कर पार्वती को बहुत दु:ख होता था। वह करुण स्वर से हँसी का बहाना करके सिर हिला कर कहती—''तुम बूढ़े हुए तो मैं भी बहुत जल्दी बूढ़ी हो जाऊँगी। औरतों को बूढ़ी होते क्या ज्यादा देर लगती है ?''

भुवन चौधरी उठ कर बैठ जाते और उसकी ठोढ़ी पकड़ कर चुपचाप बहुत देर तक उसकी तरफ देखते रहते। कारीगर जिस तरह कोई प्रतिमा सजा कर उसके सिर पर मुकुट पहना कर, उसे दाहिने-बायें हिला-डुला बहुत देर तक देखता रहता है और कुछ गर्व और बहुत-स्नेह उस सुन्दर मुख के आस-पास एकत्र हो जाता है, ठीक वही दशा भुवन बाबू की भी होती। किसी-किसी दिन उनके मुख से अस्फुट स्वर में निकल पड़ता—''हाय हाय, मैंने अच्छा नहीं किया...''

''क्या अच्छा नहीं किया जी ?''

''सोचता हूँ, तुम यहाँ सोहती नहीं –''

पार्वती हँस कर कहती—''खूब सोहती हूँ। हम लोगों के लिए भला सोहना न सोहना क्या !''

भुवन महाशय फिर लेट कर मानो मन-ही-मन कहते—''हाँ, सो मैं समझता हूँ, समझता हूँ। लेकिन तुम्हारा भला होगा । भगवान् तुम्हें देखेंगे।''

इस प्रकार लगभग एक महीना बीत गया। बीच में एक बार चक्रवर्ती महाशय अपनी कन्या को लेने के लिए आये, लेकिन पार्वती खुद ही अपनी इच्छा से नहीं गई। उसने पिता से कहा—''बाबूजी, बहुत ही कच्ची अव्यवस्थित गृहस्थी है। और कुछ दिन ठहर कर आऊँगी।''

वे इस तरह मुस्कराये जिसमें पार्वती न लख सके और मन-ही-मन बोले— ''स्त्रियों की जाति ही ऐसी होती है !''

उनके विदा हो जाने पर पार्वती ने महेन्द्र को बुला कर कहा—''बेटा, तुम एक बार जाकर मेरी बड़ी लड़की को ले आओ।''

महेन्द्र ने कुछ इधर-उधर किया। वह जानता था कि यशोदा किसी तरह न आयेगी। उसने कहा—''अगर बाबूजी एक बार जायें तो अच्छा हो।''

''छि: । यह क्या अच्छा दीखेगा ? इससे अच्छा तो यह है कि हम दोनों माँ-

बेटे चल कर उसे ले आयें।''

महेन्द्र को आश्चर्य हुआ—''तुम चलोगी ?''

''हर्ज ही क्या है बेटा ? मुझे इसमें कोई लज्जा नहीं है। अगर मेरे जाने से यशोदा आये, उसकी नाराजगी दूर हो जाय तो मेरा जाना क्या कोई बड़ी बात है ?''

इस बातचीत के बाद महेन्द्र दूसरे दिन अकेला ही यशोदा को लाने के लिए चला गया। यह तो नहीं मालूम कि वहाँ जा कर उसने क्या कौशल किया, लेकिन चार दिन के बाद ही वह यशोदा को ले कर आ पहुँचा। उसी दिन पार्वती के अंगों पर विचित्र नये और बहुमूल्य अलंकार थे। अभी कुछ ही दिन पहले भुवन बाबू ने कलकत्ते से मँगवा दिये थे। पार्वती आज वही सब पहन कर बैठी थी। यशोदा रास्ते में मन-ही-मन क्रोध और अभिमान की बहुत-सी बातों को उलटती-पलटती हुई आ रही थी। लेकिन नई बहू को देख कर वह एकदम से अवाक हो गई— विद्वेष की वे सब बातें उसे याद ही नहीं आई। सिर्फ अस्फुट स्वर में बोली—''यही है !''

पार्वती यशोदा का हाथ पकड़ कर अन्दर ले गई। पास बिठा कर और हाथ में पंखा ले कर बोली—''बेटी, अपनी माँ से कुछ नाराज हो ?''

यशोदा का मुख मारे लज्जा के लाल हो गया। इसके बाद पार्वती अपने वे सब गहने एक-एक करके यशोदा को पहनाने लगी। विस्मित यशोदा ने कहा— ''यह क्या ?''

''कुछ नहीं, सिर्फ तुम्हारी माँ की साध है।''

गहने पहनना यशोदा को कुछ बुरा नहीं मालूम हुआ; और जब वह सब गहने पहन चुकी तब उसके होंठों पर हँसी का आभास दिखाई दिया। उसके समस्त अंगों में अलंकार पहना कर पार्वती ने फिर कहा—''बेटी, अपनी माँ पर कुछ नाराज हो ?''

''नहीं-नहीं, नाराज क्यों होने लगी ? नाराजगी कैसी ?''

''और नहीं तो क्या बेटी, यह तुम्हारे पिता का घर है। बड़ा घर ठहरा कितने ही नौकर-नौकरानियों की जरूरत होती है। मैं भी तो एक दासी के सिवा और कुछ नहीं हूँ। छी: बेटी, तुच्छ दास-दासियों पर नाराज होना क्या तुम्हें शोभा देता है ?''

यशोदा उमर में तो बड़ी थी, लेकिन बातचीत करने में अब भी बहुत छोटी थी। वह विह्वल हो गई। उसे पंखे से हवा करते-करते पार्वती ने फिर कहा—''मैं गरीब दुखिया की लड़की हूँ। तुम लोगों की दया से यहाँ थोड़ा-सा स्थान मिला है। न जाने कितने दीन, दुःखी और अनाथ तुम लोगों की दया से यहाँ रोज आसरा पाते हैं, पलते हैं। मैं भी तो बेटी, उन्हीं में से एक हूँ। जो आश्रित...''

यशोदा अभिभूत होकर सब बातें सुन रही थी। अब वह एकदम से आत्म-विस्मृत हो गई और उसके पैरों पर गिर कर प्रणाम करती हुई बोली—''माँ, मैं तुम्हारे पैरों पड़ती हूँ।''

पार्वती ने उसका हाथ पकड़ लिया। यशोदा ने कहा—''मेरे अपराधों पर ध्यान न देना।''

दूसरे दिन महेन्द्र ने यशोदा को एकान्त में बुला कर पूछा—''क्यों, तुम्हारा गुस्सा कुछ कम हुआ?''

यशोदा ने जल्दी से अपने भाई के पैरों पर हाथ रख कर कहा—''भइया, मैंने गुस्से में आकर, छी: छी:, न जाने क्या-क्या कहा है। देखो, सब बातें जाहिर न होने पायें।''

महेन्द्र हँसने लगा। यशोदा ने कहा—''क्यों भइया, सौतेली माँ भी इतना आदर कर सकती है?''

दो दिन बाद यशोदा ने पिता के पास पहुँचकर खुद ही कहा—''बाबूजी, तुम वहाँ चिट्ठी लिख दो। मैं अभी दो महीने यहीं रहूँगी।''

भुवन बाबू ने कुछ विस्मित हो कर पूछा—''क्यों बेटी?''

यशोदा ने शरमा कर कुछ हँसते हुए कहा—''मेरा शरीर कुछ ठीक नहीं है। अभी मैं कुछ दिनों तक छोटी माँ के पास ही रहूँगी।''

चौधरी बाबू की आँखों में खुशी के आँसू आ गये। उन्होंने शाम के समय पार्वती को बुला कर कहा—''तुमने मुझे बड़ी भारी लज्जा से मुक्ति दी है। जीती रहो—सुख से रहो।''

पार्वती ने पूछा—''यह क्या?''

''इसका मतलब तो मैं तुम्हें नहीं समझा सकता। हे नारायण, तुमने कितनी लज्जा और कितनी ग्लानि से मुझे छुटकारा दिलाया है!''

शाम के झुटपुटे में पार्वती ने यह नहीं देखा कि उनकी आँखों में आँसू आ गये हैं। और भुवन बाबू का छोटा लड़का विनोद लाल। वह परीक्षा दे कर घर आया और फिर लौट कर पढ़ने नहीं गया।

ग्यारहवाँ परिच्छेद

चन्द्रमुखी के यहाँ हो आने के बाद देवदास दो-तीन दिन तक यों ही इधर-उधर

सड़कों पर घूमता रहा—बहुत-कुछ पागलों की तरह। धर्मदास ने एक दिन कुछ कहना चाहा तो वह आँखें लाल करके उस पर बिगड़ पड़ा। यह रंग-ढंग देख कर चुन्नी लाल को भी उससे कुछ कहने का साहस नहीं हुआ। धर्मदास ने रो कर कहा—''चुन्नी बाबू, इनकी हालत क्यों ऐसी हो गई है ?''

चुन्नी लाल ने पूछा—''धर्मदास, आखिर हुआ क्या है ?''

मानो एक अन्धे ने दूसरे अन्धे से रास्ता पूछा। अन्दर का हाल दोनों में एक भी नहीं जानता था। आँखें पोंछते हुए धर्मदास ने कहा—''चुन्नी बाबू, चाहे जिस तरह हो, देवदास को उसकी माँ के पास भेज दीजिए। जब इन्हें कुछ लिखना-पढ़ना है ही नहीं तो फिर यहाँ रह कर क्या करेंगे ?''

बात बिल्कुल ठीक थी। चुन्नी लाल सोचने लगे। चार-पाँच दिन बाद एक रोज चुन्नी बाबू ठीक उसी तरह सन्ध्या के समय बाहर जा रहे थे कि देवदास ने न जाने कहाँ से आ कर उनका हाथ पकड़ कर कहा—''चुन्नी बाबू, वहीं जा रहे हो ?''

चुन्नी लाल ने कुछ खिसिया कर कहा—''हाँ, कहो तो न जाऊँ।''

देवदास ने कहा—''नहीं, मैं तुम्हें जाने के लिए मना नहीं करता। लेकिन एक बात बतलाओ। तुम वहाँ किस आशा से जाते हो ?''

''आशा और क्या है ? यों ही समय बिताने चला जाता हूँ।''

''क्या वहाँ समय बीत जाता है ? मैं भी तो इसी रोग का मारा हूँ, मेरा समय भी नहीं बीतता। मैं भी समय बिताना चाहता हूँ।''

चुन्नी लाल कुछ देर तक उसके मुँह की ओर देखता रहा। जैसे हृदय का भाव उसके मुख पर पढ़ने की चेष्टा कर रहा हो। इसके बाद बोला—''देवदास, तुम्हें क्या हो गया है ? खुल कर बतला सकते हो ?''

''कुछ भी तो नहीं हुआ।''

''बतलाओगे नहीं ?''

''नहीं चुन्नी बाबू, बतलाने लायक कोई बात ही नहीं है।''

चुन्नीलाल बहुत देर तक सिर नीचा किये रहने के बाद बोला—''देवदास, एक बात मानोगे ?''

''क्या ?''

''तुम्हें एक बार फिर वहाँ चलना होगा। मैं जबान दे आया हूँ।''

''उस दिन जहाँ गये थे वहीं न ?''

''हाँ।''

''छी:, मुझे अच्छा नहीं लगता।''

''मैं ऐसा इन्तजाम कर दूँगा कि तुम्हें अच्छा लगे।''

देवदास ने कुछ देर तक अन्यमनस्क की तरह चुप रह कर अन्त में कहा—
''अच्छा, चलो चलें।''

देवदास को अवनति की एक सीढ़ी नीचे उतार कर चुन्नी लाल न जाने कहाँ खिसक गया है। अकेला देवदास चन्द्रमुखी के कमरे में फर्श पर बैठा हुआ शराब पी रहा है। पास ही बैठी हुई चन्द्रमुखी उदास हो कर उसे देख कर डरते हुए बोल उठी—''देवदास, अब और मत पियो।''

देवदास ने शराब का गिलास जमीन पर रख कर भौंहें टेढ़ी करके पूछा—''क्यों ?''

''अभी कुछ ही दिनों से शराब पीने लगे हो। इतनी अधिक बरदाश्त न कर सकोगे।''

''बरदाश्त करने के लिए शराब नहीं पीता। सिर्फ इसलिए पीता हूँ कि यहाँ रह सकूँ।''

यह बात चन्द्रमुखी कई बार सुन चुकी है। अक्सर उसके जी में आया है कि दीवार पर सिर पटक कर रक्त की गंगा बहा कर मर जाऊँ। देवदास से वह प्रेम करने लग गई थी। देवदास ने शराब का गिलास दूर फेंक दिया। सोफे के पाये में लग कर वह चूर-चूर हो गया। फिर लेट कर और तकिये का सहारा ले कर उसने लड़खड़ाती हुई जबान से कहा—''मुझमें उठ कर जाने की ताकत नहीं है, इसलिए यहाँ बैठा रहता हूँ। अच्छे-बुरे का होश नहीं रह जाता, इसलिए तुम्हारे मुँह की ओर देख कर बातें करता हूँ। तो भी मैं बिल्कुल बेहोश नहीं होता—तो भी कुछ होश रहता है, इसलिए तुम्हें छू नहीं सकता। बहुत घृणा होती है, चन्द्रमुखी।''

चन्द्रमुखी ने अपनी आँखें पोंछ कर धीरे-धीरे कहा—''देवदास, यहाँ ऐसे बहुत-से लोग आते हैं जो कभी शराब छूते भी नहीं।''

देवदास आँखें फाड़कर उठ बैठा। उसने लड़खड़ाते हुए इधर-उधर हाथ फेंक कर कहा—''छूते तक नहीं ? अगर बन्दूक होती तो मैं उन्हें गोली मार देता। चन्द्रमुखी, वे लोग तो मुझसे भी बड़े पापी हैं।''

कुछ देर तक चुप रह कर वह फिर न जाने क्या सोचने लगा। इसके बाद उसने फिर कहा—''अगर मैंने कभी शराब पीना छोड़ा, हालाँकि मैं छोड़ूँगा नहीं, तो फिर मैं यहाँ कभी नहीं आऊँगा। मेरे लिए तो उपाय है, लेकिन उन लोगों की क्या दशा होगी ?''

कुछ देर तक ठहर कर उसने आगे कहा—''मैंने बहुत ही दुखी होकर शराब

पीना शुरू किया है। हे मेरी विपत्ति और दुःख की साथिन! मैं तुझे नहीं छोड़ सकता।''

देवदास तकिये पर अपना मुँह रगड़ने लगा। चन्द्रमुखी ने जल्दी से पास आ कर उसका मुँह पकड़ कर ऊपर उठाया। देवदास ने भौंहें तान कर कहा—''छी:, मुझे छुओ मत। अब भी मुझे होश है। चन्द्रमुखी, तुम नहीं जानतीं, सिर्फ मैं ही जानता हूँ कि मैं तुम लोगों से घृणा करता हूँ। सदा घृणा करता रहूँगा। फिर भी आऊँगा, फिर भी बैठूँगा, फिर भी बातें करूँगा। नहीं तो, इसके सिवा और कोई उपाय जो नहीं है! यह बात क्या तुम लोग समझोगी? हा-हा-हा! संसार में ऐसा उपयुक्त स्थान कौन-सा है? और तुम सब...''

देवदास दृष्टि संयत करके कुछ देर तक उसके दुखी मुख की ओर देखता रहा और बोला—''आहा! तुम सहनशीलता की सजीव मूर्ति हो! स्त्रियों को लांछना, भर्त्सना, अपमान, अत्याचार और उपद्रव—कितना कुछ सहना पड़ता है, तुम्हीं सब इसकी मिसाल हो!''

इसके बाद वह चित हो कर लेट गया और चुपचाप कहने लगा—''चन्द्रमुखी कहती है कि मैं तुम्हें प्यार करती हूँ। लेकिन मैं नहीं चाहता, नहीं चाहता। लोग नाटक करते हैं, मुँह पर कालिख और चूना मलते हैं, चोर बनते हैं, भीख माँगते हैं, राजा बनते हैं, रानी बनते हैं, प्रेम करते हैं, प्रेम की न जाने कितनी बातें करते हैं, न जाने कितना रोते हैं, ऐसा मालूम होता है कि जैसे सब सच ही है। चन्द्रमुखी मेरा नाटक करती है और मैं देखता हूँ। लेकिन उसकी बहुत याद आती है। क्षण भर में मानो सब कुछ हो गया। वह कहाँ चली गई और मैं किस रास्ते पर चल पड़ा। अब पूरे जीवन भर चलने वाला विराट अभिनय शुरू हुआ है—एक भारी शराबी और यह एक...अच्छा होने दो, यही होने दो। बुरा क्या है! आशा नहीं, भरोसा नहीं, सुख भी नहीं और साध भी नहीं। वाह! बहुत अच्छा!''

इसके बाद देवदास करवट बदल कर न जाने क्या बड़बड़ाने लगा। चन्द्रमुखी उसका कुछ भी मतलब न समझ सकी। थोड़ी देर में देवदास सो गया। उस समय चन्द्रमुखी पास आ कर बैठ गई। उसने आँचल भिगो कर देवदास का मुँह पोंछ दिया और भीगा हुआ तकिया बदल दिया। फिर एक पंखा ले कर कुछ देर तक उसे झलती रही और बहुत देर तक सिर नीचा किये बैठे रही। उस समय रात का लगभग एक बज गया था। वह दीया बुझा कर और दरवाजा बन्द करके दूसरे कमरे में चली गई।

बारहवाँ परिच्छेद

दोनों भाई द्विजदास और देवदास और गाँव के बहुत-से लोग जमींदार नारायण मुखर्जी का अन्तिम संस्कार करके लौट आये। द्विजदास खूब चिल्ला-चिल्ला कर रो रहा है, उसकी दशा पागलों की-सी हो गई है। मुहल्ले के दस-पाँच आदमी मिल कर भी उसे पकड़े नहीं रख सकते। देवदास शान्त भाव से एक खम्भे के पास बैठा हुआ है। न तो उसके मुख से एक शब्द ही निकलता है और न उसकी आँखों में एक बूँद आँसू है। न तो कोई उसे पकड़ता है और न सान्त्वना देने का ही प्रयत्न करता है। मधुसूदन घोष एक बार उसके पास जा कर कहने लगे—''हाँ भइया, तकदीर के आगे...''

देवदास ने द्विजदास की ओर उँगली दिखला कर कहा—''यह सब आपको वहाँ कहना है...''

घोष महाशय अप्रभित हो कर बोले—''हाँ, सो वे कितने बड़े शोक...'' और फिर ऐसी ही बातें कहते-कहते वे वहाँ से खिसक गये। फिर और कोई पास नहीं आया। दोपहर बीत जाने पर देवदास अपनी अर्द्धमूर्छित माता के पैरों के पास जा बैठा। वहाँ उसे बहुत-सी औरतें घेरे हुए बैठी हैं। पार्वती की दादी भी वहाँ मौजूद है। उसने भरे हुए गले से देवदास की माँ से कहा—''बहू जरा देखो तो, देवदास आया है।''

देवदास ने पुकारा—''माँ!''

उन्होंने एक बार देख कर कहा—''बेटा!''

इसके बाद फिर उनकी मुँदी हुई आँखों के कोनों से अश्रुओं की अजस्र धारा बहने लगी। स्त्रियों का दल भी हाय-हाय करके रोने-धोने लगा। देवदास कुछ देर तक अपनी माता के चरणों में मुँह छिपाये बैठा रहा। इसके बाद उठ कर धीरे-धीरे अपने पिता के कमरे की ओर चला गया। उसकी आँखों में जल नहीं, चेहरा गम्भीर तथा शान्त है। अपनी लाल आँखें ऊपर की ओर गड़ा कर जमीन पर बैठ गया। ऐसा मालूम होता है कि अगर उस समय उसे कोई देख लेता तो अवश्य ही डर जाता—कपाल के दोनों ओर की नसें फूल रही हैं और बड़े-बड़े रूखे बाल खड़े हो रहे हैं। तपाये हुए सोने के-से वर्ण पर मानो कालिख पुत गई है। एक तो कलकत्ते का जघन्य अनाचार, फिर यह देर रात तक जागना और तिस पर पिता की मृत्यु! जिसने आज से साल-भर पहले उसे देखा था, जान पड़ता है, वह शायद इस समय उसे देख कर सहसा पहचान भी न पाता। कुछ देर बाद पार्वती की माँ ढूँढती हुई दरवाजा खोल कर अन्दर आई।

''देवदास!''

''क्या है चाची?''

''बेटा, इस तरह तो काम नहीं चलेगा।''

देवदास ने उसके मुख की ओर देख कर कहा—''क्यों, मैंने क्या किया है चाची?''

चाची जानती तो थी क्या किया है, लेकिन कोई उत्तर न दे सकी। उसने देवदास का सिर खींच कर अपनी गोद में कर लिया और कहा—''देवता बेटा!''

''क्या चाची?''

''देवता बेटा!''

देवदास ने उसकी छाती में मुँह गड़ाया तो उस समय उसकी आँख से एक बूँद आँसू टपक गया।

दुखी-से-दुखी परिवार के दिन भी कट जाते हैं। धीरे-धीरे दूसरे दिन का सबेरा हुआ। रोना-धोना भी बहुत-कुछ कम हो गया। द्विजदास का मन अब बिल्कुल ठिकाने आ गया है। उनकी माँ भी अब उठ कर बैठ गई हैं और आँखें पोंछती हुई दिन के काम कर रही हैं। दो दिन के बाद द्विजदास ने देवदास को बुला कर कहा—''देवदास, पिताजी के श्राद्ध में कितना खर्च करना उचित होगा?''

देवदास ने बड़े भाई के मुख की ओर देख कर कहा—''जो कुछ आप उचित समझें।''

''नहीं भाई, सिर्फ मेरे समझने से ही काम नहीं चलेगा। तुम भी बड़े हुए हो, तुम्हारी राय लेना ज़रूरी है।''

देवदास ने पूछा—''नगद रुपये कितने हैं?''

पिताजी के हिसाब में डेढ़ लाख रुपये जमा हैं। मेरी समझ में दसेक हजार खर्च करना काफी होगा। तुम्हारी क्या राय है?''

''मुझे उसमें से कितना मिलेगा?''

द्विजदास ने कुछ इधर-उधर करने के बाद कहा—''तुम्हें भी उसमें से आधा मिल जायगा। तुम्हारे सत्तर हजार और मेरे सत्तर हजार रुपये बाकी रहेंगे।''

''माँ को क्या मिलेगा?''

''माँ नगद ले कर क्या करेंगी? वे तो घर की मालकिन हैं ही। हम लोग उनका खर्च चलायेंगे।''

देवदास ने कुछ सोच कर कहा—''मैं समझता हूँ कि आपके हिस्से के तो पाँच हजार रुपये खर्च हों और मेरे हिस्से के पचीस हजार। अपने बाकी पचास हजार रुपयों में से मैं पचीस हजार लूँगा और बाकी पचीस हजार माँ के नाम से जमा रहेंगे।

आपकी क्या राय है ?''

पहले तो द्विजदास मानो कुछ लज्जित हुआ, पर बाद में उसने कहा, ''अच्छी बात है। मेरे तो, जानते हो, स्त्री, पुत्र और कन्या है। उनका ब्याह, जनेऊ वगैरह करना होगा। बहुत-से खर्च हैं। इसलिए यही राय ठीक है।'' फिर कुछ रुक कर बोला, ''तो फिर इसकी लिखा-पढ़ी हो जाय।''

''लिखा-पढ़ी होने की जरूरत है ? वह देखने में अच्छी नहीं मालूम होगी। मैं चाहता हूँ कि रुपये-पैसे की बात इस समय चुपचाप ही हो जाय।''

''अच्छी बात है। लेकिन भाई, शायद फिर...''

''अच्छा, मैं लिख ही देता हूँ।''

उसी दिन देवदास ने लिखा-पढ़ी कर दी।

दूसरे दिन दोपहर को देवदास नीचे उतर रहा था। सीढ़ियों के पास ही पार्वती को देख कर ठिठक गया। पार्वती ने उसके चेहरे की ओर देखा। पहचानने में उसे मानो कुछ दिक्कत हो रही थी। देवदास ने गम्भीर शान्त भाव से पूछा—''कब आयीं पार्वती ?''

वही कण्ठ स्वर! आज तीन बरस के बाद भेंट हुई है। पार्वती ने सिर झुका कर कहा—''आज सवेरे आई हूँ।''

''बहुत दिनों से भेंट नहीं हुई। खूब अच्छी तरह थीं ?''

पार्वती ने सिर हिला दिया।

''चौधरी बाबू अच्छी तरह हैं ? लड़के-बच्चे सब मजे में ?''

''सब लोग अच्छी तरह हैं।''

पार्वती ने एक बार उसकी ओर देखा, लेकिन वह नहीं पूछ सकी कि तुम कैसे हो और क्या करते हो। अब तो इस प्रकार का प्रश्न ही ठीक नहीं लगता था।

देवदास ने पूछा—अभी कुछ दिन रहोगी न ?

''हाँ।''

''तब तो ठीक है...''

यह कह कर देवदास बाहर चला गया।

श्राद्ध का सब कारज पूरा हो गया। उसका वर्णन किया जाय तो बहुत कुछ लिखना पड़ेगा, इसलिए उसकी कोई आवश्यकता नहीं। श्राद्ध के दूसरे दिन पार्वती ने धर्मदास को एकान्त में बुला कर और उसके हाथ में सोने का एक हार देख कर कहा—''धर्म, यह हार तुम अपनी लड़की को पहनने के लिए देना।''

धर्मदास ने उसके मुख की ओर देख कर अपनी सजल आँखों को और भी अधिक नम करके कहा—''आहा, तुम्हें बहुत दिनों से नहीं देखा! और सब हाल-

चाल ठीक है बिटिया ?''

''हाँ, सब ठीक है ! तुम्हारे लड़के-बच्चे तो अच्छे हैं ?''

''हाँ, सब अच्छे हैं।''

''तुम अच्छी तरह हो ?''

अब की बार धर्मदास ने लम्बी साँस छोड़ कर कहा—''खाक अच्छा हूँ! अब तो मेरा भी चल देने को जी चाहता है। मालिक तो चले ही गये।''

शोक के आवेग में धर्मदास न जाने और कितनी बातें कहता, लेकिन पार्वती ने उसमें बाधा डाल दी। ये सब बातें सुनने के लिए उसने हार नहीं दिया था।

पार्वती ने बीच में ही रोक कर कहा—''धर्मदास, यह तुम क्या कहते हो ? तुम नहीं रहोगे तो देवदास को कौन देखेगा ?''

धर्मदास ने अपना माथा ठोंक कर कहा—''जब बच्चे थे, तब देखता था। अब तो इसी में भलाई है पारो, कि उन्हें न देखना पड़े।''

पार्वती ने कुछ और पास आ कर पूछा—''धर्मदास, एक बात सच-सच बतलाओगे ?''

''बतलाऊँगा क्यों नहीं बिटिया!''

''अच्छा तो ठीक-ठीक बतलाओ कि देव दा अब क्या करते हैं ?''

''मेरा सिर करते हैं ?''

''धर्मदास, साफ-साफ बतलाओ न !''

धर्मदास ने फिर माथा ठोंकते हुए कहा—''बिटिया, मैं साफ-साफ और क्या बतलाऊँ! वे सब क्या कहने की बातें हैं ! अब मालिक तो हैं नहीं और देवता के हाथ अगाध रुपये आ गये हैं। अब तो मुश्किल ही है।''

पार्वती का मुख एकदम फीका पड़ गया। उसने कुछ उड़ती हुई बातें सुनी थीं। स्तब्ध हो कर उसने कहा—''धर्मदास, तुम कह क्या रहे हो ?''

उसने मनोरमा के पत्र में जब कुछ बातें पढ़ी थीं तब वह विश्वास न कर सकी थी। धर्मदास सिर हिला कर कहने लगा—''न खाना है और न सोना है। सिर्फ बोतल-बोतल शराब। तीन-तीन चार-चार दिन तक न जाने कहाँ पड़े रहते हैं, कोई ठिकाना नहीं। न जाने कितने रुपये उड़ा दिये। सुनता हूँ कि कई हजार रुपयों का तो उसे खाली गहने बनवा दिये हैं।''

पार्वती सिर से पैर तक काँप उठी—''धर्मदास, क्या यह बात सच है ?''

धर्मदास अपनी धुन में कहता गया—''शायद वे तुम्हारी बात मान लें। तुम एक बार उन्हें मना करो। कैसा शरीर था और अब कैसा हो गया है ! इस तरह के अत्याचार से कितने दिन जीते रहेंगे ? और अब ये सब बातें किससे कहूँ ? माँ, बाप,

भाई,—इन सबसे तो यह बात कही नहीं जा सकती !''

कुछ ठहर कर धर्मदास बार-बार माथा ठोंकते हुए कह उठा—''पार्वती, जी चाहता है कि सिर पटक कर मर जाऊँ। अब जीने की साध नहीं रही।''

पार्वती उठ कर चली गई। नारायण बाबू की मृत्यु का समाचार सुन कर वह दौड़ी आई थी। सोचा था कि इस विपत्ति के समय एक बार देवदास के पास जाना उचित है। लेकिन यहाँ उसके इतने साधु देव दा की यह हालत हो रही है ! उसे इतनी अधिक बातें याद आने लगीं, जिनकी कोई सीमा नहीं। जितने धिक्कार उसने देवदास को दिये, उससे हजार गुने अधिक अपने आपको दिये। हजार बार उसे यह खयाल आया कि अगर मैं होती तो क्या कभी ऐसा हो सकता था ? पहले उसने अपने हाथों से अपने पैरों पर कुल्हाड़ी मारी थी; लेकिन, अब वह कुल्हाड़ी उसके सिर पर पड़ी। उसी के देव दा की तो यह हालत होती जा रही है—वह इस प्रकार नष्ट हो रहा है और वह खुद दूसरे की गृहस्थी का भला करने के फेर में पड़ी हुई है ! दूसरे को अपना समझ कर वह रोज अनाज बाँट रही है और खुद उसका सर्वस्व आज भोजन बिना मर रहा है ! पार्वती ने प्रतिज्ञा की कि आज मैं देवदास के पैरों पर अपना सिर पटक कर प्राण दे दूँगी।

अभी सन्ध्या होने में कुछ देर थी। पार्वती देवदास के घर पहुँच कर उसके कमरे में दाखिल हुई। देवदास पलँग पर बैठा हुआ हिसाब देख रहा था। उसने सिर उठा कर देखा। पार्वती धीरे से दरवाजा बन्द करके जमीन पर बैठ गई। देवदास सिर उठा कर हँसा। उसका चेहरा उदास, मगर शान्त था। उसने हँसी करते हुए कहा—''अगर मैं तुम्हें बदनाम करूँ तो ?''

पार्वती ने अपनी सजल आँखें एक बार उसकी ओर उठा कर फिर तुरन्त ही झुका लीं। उसने पल-भर में ही समझा दिया कि वह बात मेरे कलेजे में सदा के लिए तीर की तरह चुभ गई है; अब और क्यों ? वह बहुत-सी बातें कहने के लिए आई थी, लेकिन सब भूल गई। देवदास के पास आ कर वह बात नहीं कर सकती। देवदास फिर हँस पड़ा और बोला—''समझ गया, समझ गया पारो। क्यों, शर्म आती है न ?''

लेकिन फिर भी पार्वती कोई बात न कर सकी। देवदास कहने लगा—''इसमें शर्म की कौन-सी बात है ? दो जने मिल कर एक लड़कपन कर डालते हैं, देखो, बीच में कैसा गोलमाल हो गया ! क्रोध में आकर तुमने जो चाहा वह कह डाला; मैंने भी माथे पर यह निशान बना दिया। क्यों कैसा हुआ !''

देवदास की इन बातों में जरा भी हँसी या व्यंग्य नहीं था। उसने प्रसन्न हो कर हँसते-हँसते अतीत के दु:ख की कहानी कह सुनाई थी। लेकिन पार्वती की

छाती फटने लगी। उसने मुँह में कपड़ा दे कर और साँस रोक कर मन-ही-मन कहा—देव दा, यह निशान ही मेरे लिए सान्त्वना है, यही मेरा संबल है! तुम मुझसे स्नेह करते थे, इसलिए तुमने हम लोगों के बचपन का इतिहास ललाट पर लिख दिया है। यह मेरे लिए शर्म नहीं, कलंक नहीं, बल्कि गौरव की चीज है।''

''पारो!''

अपने मुँह पर से आँचल हटाये बिना ही पार्वती ने कहा—''क्या?''

''तुम पर मुझे बहुत गुस्सा आता है...''

अब देवदास का कंठ स्वर विकृत होने लगा। उसने कहा—''बाबूजी नहीं रहे, यह मेरे लिए कितने अधिक दुःख का दिन है। लेकिन अगर तुम होतीं तो फिर क्या चिन्ता थी! बड़ी बहू को तुम जानती ही हो। दादा का स्वभाव भी कुछ छिपा नहीं है। भला बतलाओ, इस समय मैं माँ को ले कर क्या करूँ! फिर भी क्या होगा, कुछ समझ में नही आता। तुम होतीं तो निश्चिन्त होकर सब-कुछ तुम्हारे हाथ में सौंप कर...अरे, अरे, पारो, यह क्या?

पार्वती सिसक-सिसक कर रो रही थी। देवदास ने कहा—''शायद तुम रो रही हो। अच्छा तो जाने दो, यह बात यहीं खत्म हो गई।''

पार्वती ने आँखें पोंछते हुए कहा—''नहीं, कहो, कहो।''

देवदास ने क्षण-भर में ही अपना कंठ-स्वर साफ करके कहा—''पारो, तुम तो खूब पक्की गृहस्थिन हो गई हो!''

अन्दर-ही-अन्दर पार्वती ने अपने होंठ चबाये और मन में कहा—खाक गृहस्थिन हुई हूँ! कहीं सेमल का फूल भी देव-सेवा के काम आता है?

देवदास हँस पड़ा और हँसते हुए बोला—''मुझे बहुत हँसी आती है। तुम जरा-सी थीं, अब कितनी बड़ी हो गई हो! खूब बड़ा मकान, बहुत बड़ी जमींदारी, बड़े-बड़े लड़के-लड़कियाँ, और चौधरी महाशय—सभी बड़े हैं, क्यों पारो?'' चौधरी महाशय का ध्यान आते ही पार्वती को हँसी आने लगती थी। इतने दुःख के समय में भी इसी से उसे हँसी आ गई। देवदास ने नकली गम्भीरता के साथ कहा—''एक उपकार कर सकती हो?''

पार्वती ने सिर उठा कर पूछा—''क्या?''

''तुम्हारी तरफ कोई अच्छी लड़की मिल सकती है?''

पार्वती ने थूक घोंट कर और खाँस कर पूछा—''अच्छी लड़की? क्या करोगे?''

''मिल जाय तो ब्याह कर लूँ। जी चाहता है कि एक बार गृहस्थ बन जाऊँ।''

पार्वती ने बड़े-बुजुर्गों की तरह पूछा—''खूब सुन्दरी चाहिए न?''

''हाँ, तुम्हारी तरह।''

''और खूब भली मानस हो ?''

''नहीं, बहुत भली मानस की जरूरत नहीं। बल्कि दुष्ट हो; तुम्हारी ही तरह; जो मेरे साथ झगड़ा कर सके।''

पार्वती ने मन-ही-मन कहा—नहीं देव दा, यह तो किसी ने न हो सकेगा, क्योंकि उसको मेरे जैसा प्यार कर सकना चाहिए। फिर ऊपर से कहा—''मैं जलमुँही, मेरे जैसी न जाने कितनी हजार तुम्हारे पैरों में आ कर अपने आपको धन्य समझेंगी।''

देवदास ने मजाक करते हुए हँस कर कहा—''हजार क्या करूँगा, मुझे तो एक ही चाहिए, बोलो।''

''मजाक छोड़ो देव दा, सच बताओ। क्या तुम सचमुच ब्याह करना चाहते हो ?''

''कहा तो।''

देवदास ने सिर्फ यही बात खुल कर नहीं कही कि तुम्हें छोड़ कर इस जीवन में और किसी स्त्री की ओर मेरा झुकाव नहीं होगा।

''देव दा, एक बात कहूँ ?''

''क्या ?''

पार्वती ने अपने आपको सँभालते हुए कहा—''तुमने शराब पीना क्यों सीखा ?''

देवदास हँस पड़ा। बोला—''क्या किसी चीज का खाना-पीना भी सीखना होता है ?''

''यह नहीं; तुमने उसकी आदत क्यों डाली ?''

''किसने कहा यह ? धर्मदास ने ?''

''चाहे कोई कहे, क्या यह सच है ?''

देवदास ने बात छिपाई नहीं। कहा—''हाँ, बहुत कुछ ठीक है !''

पार्वती कुछ देर तक स्तब्ध होकर बैठ रही। फिर बोली—''और उसे कितने हजार के गहने बनवा दिये हैं ?''

देवदास ने हँस कर कहा—''अभी दिये नहीं हैं, सिर्फ बना कर रखे हैं। तुम लोगी ?''

पार्वती ने हाथ बढ़ाकर कहा—''लाओ, दो। यह देखो, मेरे शरीर पर एक भी गहना नहीं है।''

''चौधरी महाशय ने नहीं दिये तुम्हें ?''

''दिये थे, लेकिन मैंने वे सब उनकी बड़ी लड़की को दे दिये।''

‘‘तुम्हें शायद उनकी जरूरत नहीं है ?’’

पार्वती ने सिर हिला कर मुँह नीचा कर लिया। अब की बार सचमुच ही देवदास की आँखों में पानी भर आया। अपने मन में उसने समझ लिया कि किसी मामूली दुःख में स्त्रियाँ अपना गहना उतार कर किसी को नहीं दे देतीं, लेकिन सुस्थिर हो कर उसने धीरे से कहा—‘‘झूठ बात है पारो, मैं किसी भी स्त्री को प्रेम नहीं करता, किसी को भी मैंने गहने नहीं दिये।’’

पार्वती ने ठंडी साँस लेकर मन-ही-मन कहा—मेरा भी यही विश्वास था। उसके बाद पार्वती ने कहा—लेकिन, इस बात की प्रतिज्ञा करो कि अब कभी शराब नहीं पियोगे।’’

‘‘नहीं, यह मुझसे नहीं हो सकता। क्या तुम प्रतिज्ञा कर सकती हो कि कभी एक बार भी मुझे याद नहीं करोगी ?’’

पार्वती ने कोई जवाब नहीं दिया। इसी समय बाहर सन्ध्या की शंख ध्वनि हुई। देवदास ने चकित हो कर खिड़की में से बाहर की ओर देखते हुए कहा—‘‘सन्ध्या हो गई। अब तुम घर जाओ पारो !’’

‘‘नहीं, मैं नहीं जाऊँगी। पहले तुम प्रतिज्ञा करो।’’

‘‘यह मुझसे नहीं हो सकता।’’

‘‘क्यों नहीं हो सकता।’’

‘‘क्या सभी लोग सब काम कर सकते हैं ?’’

‘‘इच्छा करने पर अवश्य ही कर सकते हैं।’’

‘‘तुम आज रात को मेरे साथ भाग कर चल सकती हो ?’’

सहसा पार्वती के हृदय की गति रुक गई हो जैसे। अज्ञात रूप से अस्फुट स्वर में उसके मुँह से निकल गया—‘‘ऐसा कहीं होता है ?’’

देवदास पलँग पर कुछ खिसक कर बैठ गया और बोला—‘‘पार्वती, दरवाजा खोल दो।’’

पार्वती और भी आगे खिसक कर दरवाजे के साथ अच्छी तरह अपनी पीठ सटा कर बैठ गई और बोली—‘‘पहले प्रतिज्ञा करो।’’

देवदास उठ कर खड़ा हो गया और धीरता से कहने लगा—‘‘पारो, इस तरह जबरदस्ती प्रतिज्ञा कराना कोई अच्छी बात है क्या ? या इससे कोई विशेष लाभ है ? आज की प्रतिज्ञा सम्भव है कि कल निभा न सकूँ—मुझे झूठा क्यों बनाना चाहती हो ?’’

और भी कुछ समय इसी प्रकार चुपचाप बीत गया। उसी समय कहीं किसी कमरे की घड़ी में टन-टन करके नौ बज गये। देवदास घबरा गया। उसने कहा—

‘‘पारो, दरवाजा खोल दो।’’

पार्वती ने कोई उत्तर नहीं दिया। देवदास ने फिर पुकारा—‘‘पार्वती।’’

‘‘मैं यहाँ से नहीं जाऊँगी।’’

यह कह कर पार्वती रोती-रोती उसी जगह लोट गई और बहुत देर तक रोती रही। कमरे में उस समय अँधेरा था। कहीं कुछ दिखाई नहीं देता था। देवदास ने सिर्फ अनुमान किया कि पार्वती जमीन पर पड़ी हुई रो रही है।

उसने धीरे से पुकारा—‘‘पारो!’’

पार्वती ने रोते हुए उत्तर दिया—‘‘देव दा, मुझे बहुत कष्ट हो रहा है।’’

देवदास उसके पास आ गया। उसकी आँखें भी गीली थीं। लेकिन स्वर विकृत नहीं हुआ था। उसने कहा—‘‘क्या मैं यह बात नहीं जानता?’’

‘‘देव दा, मैं मरी जा रही हूँ। मैं तुम्हारी सेवा नहीं कर सकी। मेरी जन्म भर की साध...’’

अन्धकार में अपनी आँखें पोंछते हुए देवदास ने कहा—‘‘उसका भी तो समय है।’’

‘‘अच्छा तो तुम मेरे यहाँ चलो। यहाँ तुम्हें देखने वाला कोई नहीं है।’’

‘‘तुम्हारे घर चलूँगा तो मेरी खूब सेवा करोगी?’’

‘‘यही तो मेरी बचपन की साध है। स्वर्ग के देवता, मेरी यह साध पूरी कर दो। इसके बाद अगर मैं मर जाऊँ तो उसका कोई दु:ख नहीं।’’

अब देवदास की आँखों से भी पानी बहने लगा।

पार्वती ने फिर कहा—‘‘देव दा, मेरे घर चलो।’’

देवदास ने आँखें पोंछ कर कहा—‘‘अच्छा, आऊँगा।’’

‘‘मुझे छू कर और मेरी शपथ खा कर कहो कि आओगे।’’

देवदास ने अनुमान से पार्वती के चरण स्पर्श करके कहा—‘‘यह बात मैं कभी नहीं भूलूँगा। अगर मेरी सेवा करने से तुम्हारा दु:ख कम हो तो मैं तुम्हारे यहाँ आऊँगा। मरने से पहले भी यह बात मुझे याद रहेगी।’’

तेरहवाँ परिच्छेद

पिता की मृत्यु के बाद लगातार छ: महीने तक घर रहने के कारण देवदास बहुत ही घबरा गया। न सुख था और न शान्ति—बिल्कुल एक ही तरह का जीवन। तिस

पर लगातार पार्वती की चिन्ता। आजकल सभी कामों और सभी बातों में उसे पार्वती की याद आती। ऊपर से भाई द्विजदास और भौजाई ने देवदास का कष्ट और अधिक बढ़ा दिया।

घर की मालकिन की हालत भी देवदास जैसी ही है। स्वामी की मृत्यु के साथ ही उनके भी सब सुखों का अन्त हो चुका है। पराधीन भाव से अब इस घर में रहना उनके लिए असह्य हो गया है। इधर कुछ दिनों से वे काशी में जा कर रहने का संकल्प कर रही हैं, केवल देवदास का विवाह किये बिना नहीं जा सकतीं। बार-बार कहती हैं—देवदास, ब्याह कर ले, मैं देख कर जाऊँ। लेकिन यह भला कैसे सम्भव था? एक तो अशौच की अवस्था और फिर मन के मुताबिक एक लड़की खोजना। आजकल इसलिए मालकिन के मन में रह-रह कर अफसोस होता है कि अगर उस समय पार्वती के साथ इसका विवाह हो जाता तो बहुत अच्छा होता। एक दिन उन्होंने देवदास को बुला कर कहा—''देवदास, अब तो मुझसे नहीं रहा जाता। कुछ दिन काशी चल कर रहूँ तो ठीक हो।''

देवदास की भी यही इच्छा थी। उसने कहा—''मैं भी तो यही कहता हूँ। छ: महीने बाद लौटने पर सब हो जायगा।''

''हाँ बेटा, बस यही करो। अन्त में लौट कर उनकी बरसी हो जाने पर, तेरा ब्याह करके और यह देख कर कि तुम घर-गृहस्थी वाले हो गये हो, मैं फिर काशीवास करने के लिए चली जाऊँगी।''

देवदास इस पर राजी हो गया और अपनी माँ को कुछ दिनों के लिए काशी रख कर कलकत्ते चला गया। कलकत्ते आने पर तीन-चार दिन तक देवदास ने चुन्नी लाल को ढूँढा। वह नहीं मिला, बासा बदल कर कहीं और चला गया है। एक रोज सन्ध्या के समय देवदास को चन्द्रमुखी की याद हो आयी। उसे खयाल आया— एक बार मिल लिया जाय न? इतने दिनों तक उसका कभी ध्यान ही नहीं आया था। देवदास को मानो कुछ शर्म-सी महसूस हुई, वह एक गाड़ी किराये पर ले कर सन्ध्या होने के कुछ ही देर बाद चन्द्रमुखी के मकान के सामने जा पहुँचा। बहुत देर तक पुकारने के बाद अन्दर से किसी स्त्री ने उत्तर दिया, 'यहाँ नहीं है।' सामने गैस-बत्ती का एक खम्भा था, देवदास ने उसके निकट जा कर पूछा—''बतला सकती हो कि वह कहाँ गई है?''

खिड़की खोल कर और कुछ देर तक देख कर उसने पूछा—''क्या तुम देवदास हो?''

''हाँ।''

इसके बाद उसने दरवाजा खोल कर कहा—''आओ?''

आवाज देवदास को कुछ-कुछ पहचानी-सी जान पड़ती थी, लेकिन फिर भी वह अच्छी तरह पहचान नहीं सका। उस समय कुछ अँधेरा भी हो गया था। उसने पूछा—''चन्द्रमुखी कहाँ है—बतला सकती हो ?''

स्त्री ने मुस्कराते हुए कहा—''हाँ, बतला सकती हूँ। ऊपर चलो।''

अब देवदास ने पहचान लिया और कहा—''अरे ! तुम ही ?''

''हाँ, मैं ही हूँ, देवदास। मुझे एकदम भूल गये ?''

ऊपर पहुँच कर देवदास ने देखा कि चन्द्रमुखी के पहनावे में सिर्फ काली किनारी की धोती है और वह भी मैली। हाथों में सिर्फ दो कड़े हैं; इसके सिवा और कोई गहना नहीं है। सिर के बाल भी बेतरतीब इधर-उधर फैले हुए हैं। विस्मित हो कर उसने पूछा, ''तुम ऐसी!'' अच्छी तरह देखने से उसे मालूम हुआ कि चन्द्रमुखी पहले की बनिस्वत बहुत दुबली हो गई है।—''क्या तुम बीमार थीं।''

चन्द्रमुखी ने हँस कर उत्तर दिया—''कोई शारीरिक रोग तो बिल्कुल नहीं है। तुम अच्छी तरह बैठो।''

देवदास ने पलंग पर बैठ कर देखा कि सारे घर में एकदम परिवर्तन हो गया है। गृह स्वामिनी की तरह उसकी भी दुर्दशा की कोई सीमा नहीं है। सजावट के सामान में से एक भी चीज नहीं है। अलमारी, मेज और कुरसियों की जगह खाली पड़ी हुई है। सिर्फ एक पलँग बिछा है और उस पर की भी चादर मैली है। दीवारों पर जो तसवीरें टँगी हुई थीं वे हटा दी गई हैं। लोहे की खूँटियाँ अब भी दीवार में लगी हुई हैं और उनमें से एक-दो में लाल फीते के टुकड़े अब भी लटक रहे हैं। घड़ी अब भी ब्रैकेट के ऊपर है। लेकिन नि:शब्द है। उसके आस-पास मकड़ियों ने मनमाना जाल बुन रखा है। एक कोने में तेल का दीया बहुत ही धीमा-सा प्रकाश दे रहा है। उसी की सहायता से देवदास ने घर की यह नये ढंग की सजावट देखी। उसने कुछ तो विस्मित और कुछ क्षुब्ध होकर कहा—''आखिर यह दुर्दशा कैसे हुई चन्द्रमुखी ?''

चन्द्रमुखी ने फीकी हँसी हँसते हुए कहा—''इसे किसने दुर्दशा कहा ? मेरा तो भाग्य खुल गया है।''

देवदास कुछ समझ न सका। उसने कहा—''तुम्हारे शरीर के सब गहने क्या हुए ?''

''बेच डाले हैं।''

''और असबाब वगैरह ?''

''वह सब भी बेच दिया है।''

''घर की सब तसवीरें भी बेच दीं ?''

चन्द्रमुखी ने हँसते हुए सामने वाला एक मकान दिखला कर कहा—''उस मकान में रहने वाली क्षेत्रमणि को दे दी हैं ।''

देवदास ने कुछ देर तक उसके मुँह की ओर देखते हुए पूछा—''चुन्नी बाबू कहाँ हैं ?''

''मुझे नहीं मालूम । कोई दो महीने हुए, झगड़ा करके चले गये हैं, फिर नहीं आये ।''

देवदास को और भी आश्चर्य हुआ । ''झगड़ा क्यों हुआ ?''

चन्द्रमुखी ने कहा—''क्यों, क्या झगड़ा नहीं होता ?''

''होता तो है, लेकिन आखिर क्यों ?''

''दलाली करने आये थे, इसीलिए घर से निकाल दिया ।''

''काहे की दलाली ?''

चन्द्रमुखी ने हँस कर कहा, ''इस बाजार की दलाली ।'' फिर ठहर कर आगे कहा, ''तुम समझ नहीं सके ? किसी बहुत बड़े सेठ को पकड़ लाये थे । दो सौ रुपया महीना, बहुत-से गहने और दरवाजे पर पहरे के लिए एक सिपाही । अब समझे ?''

देवदास ने समझ कर हँसते हुए कहा—''लेकिन कहाँ, वह सब कुछ भी तो नहीं देखता ।''

''हो तब तो देखो । मैंने उन लोगों को धता बता कर निकाल दिया था ।''

''उन लोगों का अपराध ? ''

''उनका कोई खास ऐसा अपराध तो नहीं था, लेकिन मुझे वह सब अच्छा नहीं लगा ।''

देवदास ने बहुत देर तक कुछ सोचने के बाद कहा—''तब से अब तक फिर कोई यहाँ नहीं आया ?''

''नहीं, तब से क्यों, बल्कि जिस दिन तुम यहाँ से गये हो, उसके दूसरे ही दिन से यहाँ कोई नहीं आया । बस, चुन्नी बीच-बीच में आ बैठते थे । लेकिन इधर दो महीने से उनका आना भी बन्द है ।''

देवदास बिस्तर पर लेट गया । अनमनेपन से बहुत देर चुप रहने के बाद धीरे से बोला—''चन्द्रमुखी, तो फिर तुमने दुकानदारी सब उठा दी ?''

''हाँ, दीवालिया हो गई हूँ ।''

देवदास ने उस बात का कोई उत्तर न दे कर कहा—''लेकिन तुम खाओगी क्या ?''

''अभी तो बतलाया तुम्हें कि जो कुछ गहने वगैरह थे, वे सब बेच दिये हैं ।''

''उसमें से अब कितना बचा है ?''

''अधिक नहीं, फिर भी आठ-नौ सौ रुपये इस समय मेरे पास हैं । एक बनिये के पास रख दिये हैं । वह मुझे हर महीने बीस रुपये दे देता है ।''

''आगे तो बीस रुपये में तुम्हारा काम नहीं चलता था ?''

''हाँ, आजकल भी अच्छी तरह से नहीं चलता । तीन महीने का किराया बाकी है । इसलिए सोच रही हूँ कि हाथ के दोनों कड़े भी बेच कर और सारा देना-पावना चुका कर और कहीं चली जाऊँ ।''

''कहाँ जाओगी ?''

''यह तो मैंने अभी तक तय नहीं किया । किसी सस्ती जगह में जाऊँगी । किसी ऐसे गाँव-देहात में जहाँ बीस रुपये महीने में सब काम चल जाय ।''

''इतने दिनों तक क्यों नहीं गईं ? अगर सचमुच तुम्हें और किसी बात की जरूरत नहीं है तो इतने दिनों तक व्यर्थ ही अपने सिर पर क्यों इतना कर्ज बढ़ाया ?''

चन्द्रमुखी सिर झुका कर कुछ सोचने लगी । अपने जीवन में इस बात को कहने में आज उसे पहली बार शर्म का एहसास हुआ । देवदास ने कहा—''क्यों, चुप क्यों हो ?''

चन्द्रमुखी ने पलँग के एक किनारे संकुचित भाव से बैठ कर धीरे-धीरे कहा—''नाराज न होना । जाने से पहले मैंने आशा की थी कि अगर एक बार तुमसे भेंट हो जाय तो अच्छा हो । सोचती थी कि शायद एक बार जरूर आओगे । आज तुम आ गये हो, इसलिए अब मैं कल ही यहाँ से चलने का बन्दोबस्त करूँगी । लेकिन बतलाओगे कि कहाँ जाऊँ ?''

देवदास चकित हो कर उठ बैठा । उसने कहा—''सिर्फ मुझे देखने की आशा से अब तक रुकी हुई थीं ? लेकिन क्यों ?''

''सिर्फ एक खयाल था मन में । तुम मुझसे घृणा करते थे, शायद इसीलिए । उतनी घृणा और कभी किसी ने मुझसे नहीं कि जितनी घृणा तुम मुझसे करते थे । यह तो मैं नहीं कह सकती कि आज तुम्हें वह बात याद होगी या नहीं; लेकिन, मुझे खूब अच्छी तरह याद है कि जिस दिन तुम पहले-पहल यहाँ आये थे, उसी दिन तुम पर मेरी दृष्टि पड़ी थी । यह मैं जानती थी कि तुम बहुत बड़े धनी के लड़के हो । लेकिन धन की आशा से मैं तुम्हारी ओर नहीं खिंची । तुमसे पहले न जाने कितने लोग यहाँ आये-गये हैं, लेकिन, मैंने उनमें से किसी के भी भीतर कभी तेज नहीं देखा और तुमने आते ही मुझ पर आघात किया, एक अजीबो-गरीब रूखा व्यवहार किया । तुम मारे घृणा के मेरी ओर से मुँह फेरे रहे और चलते समय तमाशे के तौर पर कुछ पैसे दे गये । वे सब बातें तुम्हें याद हैं ?''

देवदास चुप रहा। चन्द्रमुखी फिर कहने लगी—''बस, तभी से मैंने तुम पर नजर रखी। लेकिन प्रेम करके नहीं, घृणा करके भी नहीं। जिस तरह कोई चीज दिखाई पड़ने पर वह खूब याद रहती है, ठीक उसी तरह तुम्हें भी मैं किसी तरह नहीं भूल सकी। जब तुम आते थे, तब कुछ भी अच्छा नहीं लगता था। इसके बाद न जाने मति कैसी फिर गयी—अपनी इन आँखों से मैं बहुत-सी चीजों को एक और ही तरह से देखने लग गई। जो कुछ पहले 'मैं' थी, उससे अब बिल्कुल बदल गई। मानो अब वह 'मैं' नहीं रह गई। इसके बाद तुमने शराब पीना शुरू कर दिया। शराब से मुझे बहुत घृणा है। कोई शराब से मतवाला होता तो उस पर बहुत क्रोध आता, बहुत दुःख पाती।''

यह कह कर चन्द्रमुखी ने देवदास के पैरों पर हाथ रख कर छलछलाई हुई आँखों से कहा—''मैं बहुत ही नीच हूँ। मेरे अपराधों पर ध्यान न देना। तुम न जाने कितनी बातें कहते थे, कितनी घृणा से मुझे अपने पास से हटा देते थे, लेकिन फिर भी मैं तुम्हारे उतने ही पास पहुँचना चाहती थी। अन्त में जब तुम सो जाते थे...लेकिन उन सब बातों को जाने दो, नहीं तो शायद फिर नाराज हो जाओगे।'' देवदास ने कोई उत्तर नहीं दिया। यह नये ढंग की बातचीत उसे कुछ कष्ट पहुँचा रही थी। चन्द्रमुखी ने छिपा कर अपनी आँखें पोछीं और आगे कहा—''एक दिन तुमने कहा कि हम लोग कितना सहन करती हैं—लांछना, अपमान, जघन्य अत्याचार, उपद्रव आदि। उसी दिन से मुझे बहुत अभिमान हो गया है। तब से मैंने सब कुछ बन्द कर दिया है।''

देवदास उठ कर बैठ गया। उसने पूछा—''लेकिन तुम्हारे दिन किस तरह बीतेंगे?''

चन्द्रमुखी ने कहा—''यह तो मैं पहले ही बतला चुकी हूँ।''

''मान लो कि वह तुम्हें धोखा दे और तुम्हारे सब रुपये...''

चन्द्रमुखी डरी नहीं। उसने शान्त और सहज भाव से कहा—''यह कोई आश्चर्य की बात नहीं है। मैंने वह भी सोच लिया है। जब मुसीबत आयेगी तब तुमसे कुछ भिक्षा माँग लूँगी।''

देवदास ने कुछ सोच कर कहा—''अच्छा, माँग लेना। अब और कहीं जाने का बन्दोबस्त करो।''

''बस कल ही करूँगी। दोनों कड़े बेच कर एक बार उस बनिये से भेंट करूँगी।''

देवदास ने जेब से सौ-सौ रुपये के पाँच नोट निकाल कर तकिये के नीचे रख दिये और कहा—''तुम कड़े मत बेचो। हाँ, उस बनिये से जरूर मिलो। लेकिन

तुम जाओगी कहाँ ? किसी तीर्थ-स्थान में ?''

''नहीं देवदास, तीर्थ और धर्म पर मेरी उतनी अधिक श्रद्धा नहीं है। मैं कलकत्ते से बहुत ज्यादा दूर नहीं जाऊँगी। पास ही किसी गाँव में जा कर रहूँगी।''

''किसी भद्र परिवार में नौकरानी बनोगी ?''

चन्द्रमुखी की आँखों में फिर पानी आ गया। उसने आँखें पोंछते हुए कहा— ''नहीं, यह सब करने को मेरा जी नहीं चाहता। मैं स्वाधीन रूप से स्वच्छन्द होकर रहूँगी। दुःख भोगने क्यों जाऊँगी ? शारीरिक कष्ट कभी सहा नहीं; अब भी नहीं सह सकूँगी। अधिक खींचा-तानी करने से शायद यह शरीर छिन्न-भिन्न हो जाय।''

देवदास फीकी हँसी हँसा, बोला—''लेकिन शहर के पास रहने से सम्भव है कि फिर प्रलोभन में पड़ जाओ।—मनुष्य के मन का कोई भरोसा नहीं।''

अब चन्द्रमुखी का मुख खिल उठा। वह हँस कर बोली—''यह बात सच है, मनुष्य के मन का कोई भरोसा नहीं, लेकिन मैं अब प्रलोभनों में नहीं पड़ूँगी। मैं यह भी मानती हूँ कि स्त्रियों को बहुत अधिक लोभ होता है। लेकिन लोभ की जो चीज़ें हैं उनका जब मैंने जान-बूझ कर और अपनी इच्छा से ही त्याग कर दिया तो फिर अब मुझे कोई डर नहीं है। अगर मैं सहसा वे सारी चीजें क्षणिक आवेश में छोड़ देती तो सम्भव है, कि सावधान रहने की जरूरत होती। लेकिन इतने दिनों में एक दिन भी तो मुझे पछतावा नहीं हुआ। मैं तो सुख से हूँ।''

फिर भी देवदास ने सिर हिला कर कहा—''स्त्रियों का मन चंचल और बहुत ही अविश्वसनीय होता है।''

उस समय चन्द्रमुखी देवदास के बहुत ही पास आ बैठी और हाथ पकड़ कर बोली—''देवदास !''

देवदास केवल उसके मुँह की ओर देखता रहा, अब यह नहीं कह सका कि मुझे मत छुओ।

चन्द्रमुखी ने आँखों में स्नेह भरकर उसके दोनों हाथ पकड़ कर अपनी गोद में खींच लिये और कुछ-कुछ काँपती आवाज में कहा—''आज आखिरी दिन है, आज तुम नाराज न होना। तुम से एक बात पूछने की मुझे बड़ी साध है।''

यह कह कर चन्द्रमुखी ने कुछ देर तक स्थिर दृष्टि से देवदास के मुख की ओर देखते रह कर पूछा—''क्या पार्वती ने तुम्हें बहुत अधिक चोट पहुँचायी है ?''

देवदास की भौंहें तन गयीं। उसने कहा—''यह बात क्यों पूछती हो ?''

चन्द्रमुखी विचलित नहीं हुई। उसने शान्त और दृढ़ स्वर से कहा—''मुझे इसके जानने की जरूरत है। तुमसे सच कहती हूँ, जब तुम दुःखी होते हो तब मुझे भी बहुत चोट लगती है। इसके सिवा, शायद मैं तुम्हारी बहुत-सी बातें जानती हूँ।

बीच-बीच में नशे की बहक में मैंने तुम्हारे मुँह से बहुत-सी बातें सुनी हैं। लेकिन फिर भी मुझे विश्वास नहीं होता कि पार्वती ने तुम्हें धोखा दिया है। बल्कि मेरा तो खयाल है कि खुद तुमने अपने आपको धोखा दिया है। देवदास, मैं उमर में तुमसे बड़ी हूँ। मैंने इस संसार में बहुत-सी चीजें देखी हैं। तुम जानते हो कि मुझे क्या खयाल होता है ? मेरी समझ में यह आता है कि निश्चय ही तुम्हारी भूल हुई है। मेरी समझ में स्त्रियों की जो यह बहुत बड़ी बदनामी है कि वे बहुत ही चंचल तथा अस्थिर-चित्त हुआ करती हैं सो ठीक नहीं। वे उतनी अधिक बदनामी के योग्य नहीं हैं। उनकी बदनामी भी तुम्हीं लोग करते हो और नेकनामी भी तुम्हीं लोग करते हो। तुम लोग जो कुछ कहना चाहते हो, वह अनायास ही कह जाते हो। लेकिन स्त्रियाँ ऐसा नहीं कर पातीं। अगर वे कहें भी तो कोई समझता नहीं। इसके बाद उनकी बदनामी ही लोगों के सामने उजागर हो जाती है।''

चन्द्रमुखी कुछ रुक कर और अपनी आवाज में नरमी ला कर कहने लगी— ''मैंने इस जीवन में प्रेम का व्यवसाय बहुत दिनों तक किया है; लेकिन वास्तव में केवल एक ही बार मैंने प्रेम किया है और उस प्रेम का मूल्य बहुत अधिक है। मैंने बहुत कुछ सीखा है। जानते तो हो कि प्रेम करना और बात है और रूप का मोह कुछ और बात। इन दोनों में बहुत अधिक गड़बड़ी होती है और पुरुष ही अधिक गड़बड़ी करते हैं। रूप का मोह तुम लोगों की अपेक्षा हम लोगों में बहुत ही कम होता है; इसलिए तुम लोगों की तरह हम लोग उन्मत्त नहीं हो जातीं। तुम लोग आ कर अपना प्रेम जतलाते हो, न जाने कितनी तरह की बातों और भावों में उसे प्रकट करते हो, हम लोग चुप ही रहती हैं। प्रायः ऐसा होता है कि तुम लोगों के मन को क्लेश पहुँचाने में हम लोगों को लज्जा आती है, दुःख होता है। संकोच होता है। मुँह देखने में भी जब घृणा होती है, तब भी कदाचित लज्जा के कारण कह नहीं सकतीं कि हम तुम्हें प्रेम नहीं कर सकेंगी।इसके बाद एक प्रणय का अभिनय आरम्भ होता है। फिर एक दिन जब उसका अन्त हो जाता है तब पुरुष क्रुद्ध और अस्थिर हो कर कहते हैं कि ऐसी विश्वासघातिनी है !—बस, सब वही बात सुनते हैं और उसी पर विश्वास कर लेते हैं। हम लोग उस समय भी चुप ही रहती हैं। मन में न जाने कितना दुःख होता है लेकिन उसे कौन देखने जाता है ?''

देवदास ने कोई बात नहीं कही। चन्द्रमुखी भी कुछ देर तक चुपचाप उसके मुँह की ओर देखती रही। फिर बोली—''उस समय कदाचित कुछ ममता उत्पन्न हो जाती है। स्त्रियाँ समझती हैं कि कदाचित यही प्रेम है। वे शान्त और धीर भाव से संसार के सब काम-धन्धे करती हैं, दुःख के समय प्राणपण से सहायता करती हैं। उस समय तुम लोग उनकी कितनी नेकनामी करते हो ! बात-बात में उन्हें कितना

धन्य कहते हो! लेकिन सम्भवत: उस समय भी उन्हें प्रेम का अक्षर ज्ञान तक नहीं होता। इसके बाद जब किसी अशुभ मुहूर्त में उनके हृदय के अन्दर की असह्य वेदना छटपटाती हुई बाहर खड़ी हो जाती है, तब...''

इतना कह कर चन्द्रमुखी देवदास के मुख की ओर दृष्टि से देखा और कहा—''तब तुम लोग चिल्ला कर कहने लगते हो, कलंकिनी! छी: छी:! ''

अकस्मात देवदास ने चन्द्रमुखी का मुँह हाथ से बन्द करते हुए कहा—''चन्द्रमुखी, यह क्या।''

चन्द्रमुखी ने धीरे से उसका हाथ हटाते हुए कहा—''डरो मत देवदास, मैं तुम्हारी पार्वती की बात नहीं कह रही हूँ।''

यह कह कर वह चुप हो गई। देवदास ने भी कुछ देर तक चुप रहने के बाद अन्यमनस्क भाव से कहा—''लेकिन कर्तव्य तो है! धर्म-अधर्म है!''

चन्द्रमुखी ने कहा—''वह तो है ही। और है, इसीलिए तो देवदास, जो यथार्थ प्रेम करता है, वह सहन किया करता है। जिसे मालूम हो जाता है कि भीतर से सिर्फ प्रेम करने से ही कितना सुख होता है, कितनी तृप्ति होती है, वह व्यर्थ ही अपनी गृहस्थी में दु:ख और अशान्ति नहीं लाना चाहता। लेकिन देवदास, मैं क्या कह रही थी? मैं निश्चित रूप से जानती हूँ कि पार्वती ने तुम्हें तनिक भी धोखा नहीं दिया, तुमने अपने आपको ही धोखा दिया है। मैं जानती हूँ कि आज यह बात समझना तुम्हारे लिए संभव नहीं है। लेकिन कभी समय आयेगा तो शायद तुम देख सकोगे कि मैंने इस समय जो कुछ कहा है वह ठीक है।''

देवदास की दोनों आँखों में पानी भर आया। आज न जाने क्यों वह समझने लगा कि चन्द्रमुखी का कहना ठीक है। चन्द्रमुखी ने देख लिया कि देवदास की आँखों में पानी भर आया है, लेकिन उसने उसे पोंछने का प्रयत्न नहीं किया। वह मन-ही-मन कहने लगी—मैंने तुम्हें अनेक बार अनेक प्रकार से देखा है। मैं तुम्हारे मन का हाल जानती हूँ। मैंने खूब अच्छी तरह समझ लिया है कि तुम साधारण पुरुषों की तरह अपनी इच्छा से प्रेम प्रकट नहीं कर सकोगे। रही रूप की बात, सो वह किसे अच्छा नहीं लगता? लेकिन फिर भी किसी तरह इस बात पर विश्वास नहीं होता कि केवल इसीलिए तुम अपना इतना अधिक तेज रूप के चरणों पर विसर्जित कर दोगे। हो सकता है कि पार्वती बहुत अधिक रूपवती हो। लेकिन फिर भी, जान पड़ता है कि पहले वही तुम्हारे प्रेम में पड़ी थी और पहले उसी ने तुम पर यह बात प्रकट की थी।

मन-ही-मन ये सब बातें सोचते-सोचते सहसा उसके मुख से अस्फुट स्वर में निकल गया—''मैंने खुद ही यह समझा है कि वह तुमसे कितना प्यार करती है।''

देवदास जल्दी से उठ कर बैठ गया—''क्या कहा ?''

चन्द्रमुखी ने कहा—''कुछ नहीं। मैं यही कह रही थी कि वह तुम्हारे रूप पर नहीं रीझी थी। इसमें सन्देह नहीं कि तुममें रूप है, लेकिन उस पर कोई रीझ नहीं सकता। फिर यह रूप सब को दिखाई भी नहीं देता। लेकिन जिसे दिख जाता है, वह फिर आँखें हटा भी नहीं सकता।''

यह कह कर चन्द्रमुखी ने ठण्डी साँस ली और फिर कहा—''जिसने कभी तुम्हें प्यार किया है, वह जानती है कि तुममें कितना अधिक आकर्षण है। इस स्वर्ग से अपनी इच्छा और शौक से वापस आ सके, ऐसी स्त्री क्या कोई इस पृथ्वी पर है ?''

फिर कुछ देर तक चुपचाप उसके मुँह की ओर देखती हुई धीरे-धीरे कहने लगी—''यह रूप आँखों से तो दिखाई देता नहीं, हृदय के ठीक भीतरी भाग में इसकी गहरी छाया पड़ती है। इसके बाद दिन का अन्त होने पर वह आग के साथ ही चिता पर जल कर राख हो जाता है।''

देवदास ने विह्वल दृष्टि से चन्द्रमुखी के मुख की ओर देख कर पूछा—''आज तुम यह सब क्या कह रही हो ?''

चन्द्रमुखी ने मुस्करा कर कहा—''देवदास, इससे बढ़कर आफत की बात और कोई नहीं हो सकती कि आदमी जिसे प्यार न करता हो, वही जबरदस्ती प्यार की कहानी सुनाने बैठ जाय ! लेकिन मैं सिर्फ पार्वती की तरफ से वकालत कर रही थी, अपने लिए नहीं।''

देवदास उठने के लिए उद्यत हो कर बोला—''अब मैं जाता हूँ।''

''जरा और बैठो। कभी तुम्हें होश में नहीं पाया, कभी इस तरह तुम्हारे दोनों हाथ पकड़ कर बातें नहीं कर सकी—यह कैसी तृप्ति है !'' इतना कह कर वह हठात हँस पड़ी !

देवदास ने चकित होकर पूछा—''तुम हँस क्यों पड़ीं ?''

''कुछ नहीं, यों ही एक पुरानी बात याद हो आई। वह आज दस बरस पहले की बात है जब मैं प्रेम के फेर में अपना घर-बार छोड़ कर चली आई थी। उस समय समझती थी कि मैं कितना अधिक प्रेम करती हूँ और शायद इसके लिए अपने प्राण दे सकती हूँ। इसके बाद एक दिन एक तुच्छ गहने के लिए हम दोनों में ऐसा झगड़ा हो गया कि फिर कभी किसी ने एक-दूसरे का मुँह न देखा। तब मन को सान्त्वना दी कि वह मुझे बिल्कुल प्यार नहीं करता, अन्यथा क्या गहना न देता ?''

चन्द्रमुखी फिर एक बार यों ही हँस पड़ी। लेकिन फिर तुरन्त ही शान्त और गम्भीर मुख से धीरे से बोली—''चूल्हे में जाय गहरा गहना ! उस समय कहाँ जानती

थी कि एक सामान्य सिर का दर्द अच्छा कर देने के बदले में भी अकातर भाव से यह प्राण दिये जा सकते हैं! उस समय न सीता और दमयन्ती की व्यथा समझती और न मैं जगाई-मधाई[1] की कथा पर ही विश्वास करती थी। अच्छा देवदास, इस जगत में सभी कुछ सम्भव है न?''

देवदास कुछ भी न कह सका। हत-बुद्धि की तरह कुछ देर तक एकटक देखता रहा और बोला—''अब मैं जाता हूँ।''

''डर क्या है! जरा बैठो। मैं तुम्हें और भुला कर नहीं रखना चाहती। मेरे वे दिन बीत गये। अब तो जितनी घृणा तुम मुझसे करते हो, उतनी ही मैं अपने आप पर करती हूँ। लेकिन देवदास, तुम ब्याह क्यों नहीं कर लेते?''

इतनी देर में मानो देवदास ने साँस ली। उसने कुछ हँस कर कहा—''उचित तो जान पड़ता है, लेकिन प्रवृत्ति नहीं होती।''

''प्रवृत्ति न होने पर भी ब्याह कर डालो। बाल-बच्चों का मुख देखने से बहुत कुछ शान्ति पाओगे। इसके सिवा मेरे लिए भी एक रास्ता निकल आयेगा। तुम्हारे घर में दासी की तरह रह कर दिन बिता सकूँगी।''

देवदास ने हँसते हुए कहा—''अच्छा, उस समय मैं तुम्हें बुलवा भेजूँगा।''

चन्द्रमुखी मानो उसकी वह हँसी देख ही नहीं सकी और बोली—''जी चाहता है कि तुमसे एक बात और भी पूछूँ।''

(जगाई और मधाई नवद्वीप के दो दुष्ट ब्राह्मण थे जिन्हें वहाँ के काजी ने कोतवाल बना दिया था। इनके अत्याचारों से प्रजा बहुत ही दुखी रहती थी। श्री गौरांग महाप्रभु के नित्यानन्द और हरिदास नामक दो शिष्य नगर में नाम-प्रचार करते-फिरते थे। उस समय जगाई मधाई उन्हें मार्ग में मिले। उन्हें देख कर नित्यानन्द को इस बात का बहुत दुःख हुआ कि ये दोनों ब्राह्मण के लड़के होकर भी इतना पाप और अत्याचार करते हैं। इनका किसी प्रकार उद्धार करना चाहिए। यह सोच कर उन्होंने हाथ जोड़कर उन दोनों से कहा कि भाई, एक बार हरि नाम कहो। दोनों ही उस समय नशे में चूर थे। मधाई ने मारे क्रोध के पास ही पड़ा हुआ मिट्टी का एक फूटा घड़ा उठा कर नित्यानन्द के सिर पर दे मारा जिससे खून बहने लगा। फिर भी नित्यानन्द ने उसके पैरों पर गिर कर हरि नाम कहने की प्रार्थना की। उसी समय गौरांग महाप्रभु भी यह समाचार सुन कर अपने शिष्यों सहित वहाँ आ पहुँचे। उन्हें देख कर जगाई मधाई उनके चरणों पर गिर पड़े और तभी से गौरांग महाप्रभु के शिष्य तथा परम भक्त हो गये, और अपने सब काम छोड़ कर ईश्वर भक्तों की सेवा करने लगे।— अनुवादक।)

''क्या ?''

''तुमने इतनी देर तक मेरे साथ बातें क्यों की ?''

''क्यों, इसमें कोई दोष है ?''

''यह तो मैं नहीं जानती । लेकिन यह नई बात जरूर है । इससे पहले जब तक तुम शराब पी कर नशे में चूर नहीं हो जाते थे, तब तक कभी मेरा मुँह नहीं देखते थे ।''

देवदास ने चन्द्रमुखी के इन प्रश्न का कोई उत्तर न देकर विषण्ण मुख से कहा—''अब मैं शराब नहीं छूता । मेरे पिता जी की मृत्यु हो गई है ।''

चन्द्रमुखी बहुत देर तक करुण दृष्टि से देखती रही, फिर बोली—''इसके बाद तो शराब नहीं पियोगे ?''

''कह नहीं सकता ।''

चन्द्रमुखी ने उसके दोनों हाथ और भी अपनी तरफ खींच कर अश्रु-व्याकुल स्वर से कहा—''अगर हो सके तो हमेशा के लिए छोड़ दो । देखो, असमय में ऐसे सुन्दर प्राण नष्ट न करो ।''

देवदास सहसा उठ कर खड़ा हो गया और बोला—''मैं जाता हूँ । तुम जहाँ जाना वहाँ से खबर भेजना और अगर कभी जरूरत हो तो मुझसे संकोच मत करना ।''

चन्द्रमुखी ने प्रणाम करके उसके चरणों की धूल मस्तक पर लगाई और कहा—''आशीर्वाद दो कि मैं सुखी रहूँ । एक भिक्षा और माँगती हूँ । ईश्वर न करे, अगर कभी दासी की आवश्यकता हो तो इसे स्मरण करना ।''

''अच्छा ।'' कह कर देवदास चला गया । चन्द्रमुखी ने दोनों हाथ जोड़ कर रोते हुए कहा—भगवान, फिर एक बार किसी तरह इनसे भेंट हो ।

चौदहवाँ परिच्छेद

इसी तरह दो वर्ष बीत गये । महेन्द्र का विवाह करके पार्वती बहुत कुछ निश्चिन्त हो गई है । पुत्रवधू जलदबाला बुद्धिमती और कार्यपटु है । उसके बदले संसार के बहुत-से काम वही करती है । पार्वती ने अब दूसरी ओर मन लगाया है । उसका ब्याह हुए पाँच वर्ष हो गये, लेकिन कोई सन्तान नहीं हुई । उसके अपने लड़के-बच्चे नहीं हैं, इसलिए दूसरों के लड़के-बच्चों पर उसका बहुत अधिक अनुराग है । गरीबों और दुखियों की बात तो दूर रही, जिन लोगों के खाने-पीने का कुछ ठिकाना

है, उनके बाल-बच्चों का भी अधिकांश खर्चा उसने अपने ऊपर ले लिया है। इसके सिवा देव-मंदिर का काम-धन्धा करके, साधु-संन्यासियों की सेवा करके और अन्धों तथा लूले-लँगड़ों की देख-रेख करके उसके दिन कट रहे हैं। अपने स्वामी से कह कर पार्वती ने एक और अतिथिशाला बनवा ली है। उसमें बेआसरा और असहाय लोग इच्छानुसार रह सकते हैं। जर्मींदार के यहाँ से ही उन लोगों को खाने और ठहरने को मिलता है।इसके सिवा एक और काम पार्वती बहुत ही गुप्त रूप से किया करती है, स्वामी को भी उसकी खबर नहीं होने देती। वह दरिद्र भले आदमियों को चुपचाप आर्थिक सहायता देती है। यह उसका खुद अपना खर्च था। अपने स्वामी से वह हर महीने जो कुछ पाती है, वह सब इसी में खर्च होता है, उसका पता कचहरी के नायब-गुमाश्तों को लगे बिना नहीं रहता। वे लोग आपस में इस बारे में बक-झक किया करते हैं और दासियाँ छुप कर सुन आती हैं कि आजकल गृहस्थी का खर्च पहले से दूना हो गया है। खजाना बिल्कुल खाली है, कुछ भी जमा नहीं हो रहा है। जब गृहस्थी का व्यर्थ खर्च बहुत बढ़ जाता है तब दास-दासियों को कष्ट होता है! उन्हीं से जलद ने भी ये सब बातें सुनीं। एक रोज रात को अपने पति से कहा—‘‘क्या तुम घर के कोई नहीं हो ?’’

महेन्द्र ने पूछा—‘‘क्यों, आखिर बात क्या है ?’’

स्त्री ने कहा—‘‘दास-दासियाँ तक देख रही हैं, तुम नहीं देख सकते हो ? बाबूजी तो माँ से कुछ कहेंगे नहीं; लेकिन, तुम्हें तो कहना उचित है ?’’

महेन्द्र की समझ में कुछ न आया। लेकिन उसकी उत्सुकता बढ़ गई, उसने पूछा—‘‘आखिर बात क्या है ?’’

जलदबाला गम्भीर होकर स्वामी को मन्त्रणा देने लगी—‘‘नई माँ को लड़के-बच्चे तो हैं नहीं। फिर उन्हें गृहस्थी का ध्यान क्यों होने लगा ? तुम देख नहीं रहे हो कि उन्होंने सब कुछ उड़ा-उड़ू दिया है।’’

महेन्द्र भौंहें सिकोड़ कर कहा—‘‘किस तरह ?’’

जलद ने कहा—‘‘अगर तुम्हें आँखें होतीं तो देख सकते। आजकल गृहस्थी का खर्च दूना हो गया है। सदाव्रत, दान-पुण्य, अतिथि, भिक्षुक सभी कुछ तो है। अच्छा, वे तो अपना परलोक सुधार रही हैं, लेकिन तुम्हारे तो आगे बाल-बच्चे होंगे, वे क्या खायेंगे ? अपना सब लुट जाने पर क्या वे लोग अन्त में भीख माँगेंगे ?’’

महेन्द्र पलँग पर उठ कर बैठ गया और बोला—‘‘तुम किसकी बात कह रही हो ? माँ की ?’’

जलद ने कहा—‘‘मेरी तकदीर ही फूट गई है जो सब बातें मुझे मुँह खोल कर कहनी पड़ीं।’’

महेन्द्र ने कहा—‘‘इसीलिए तुम माँ के नाम फरियाद करने आई हो ?’’

जलद ने कुछ नाराज होकर कहा—‘‘मुझे नालिश-फरियाद की जरूरत नहीं है। मैंने तुम्हें सिर्फ भीतरी बात बतला दी है। नहीं तो अन्त में तुम मुझे ही दोष देते।’’

महेन्द्र ने बहुत देर तक चुप रहने के बाद कहा—‘‘तुम्हारे बाप के घर हाँड़ी तक तो रोज चढ़ती नहीं; तुम जमींदारों के घर के खर्च का हाल क्या जानो !’’

इस पर जलद को गुस्सा आ गया। बोली—‘‘और तुम्हारी माँ की बाप के घर कितनी अतिथिशालाएँ खुली हैं, कहो न ?’’

महेन्द्र बिना उससे विशेष तर्क-वितर्क किये चुपचाप पड़ा रहा। सबेरे उठ कर पार्वती के पास पहुँच कर बोला—‘‘माँ, तुमने भी मेरा खूब ब्याह किया ! इसके साथ तो गृहस्थी चलाई ही नहीं जा सकती। मैं तो अब कलकत्ते जाता हूँ।’’

पार्वती ने अवाक हो कर पूछा—‘‘क्यों बेटा ?’’

‘‘वह तुम्हारे बारे में कड़वी बातें कहती है। मैंने उसे छोड़ दिया।’’

पार्वती इधर कुछ दिनों से बड़ी बहू का रंग-ढंग देख रही थी। लेकिन उस भाव को दबा कर उसने हँसते हुए कहा—‘‘छी: बेटा, वह तो मेरी बहुत अच्छी लड़की है।’’

इसके बाद उसने जलद को एकान्त में बुला कर कहा—‘‘क्यों बेटी, कुछ झगड़ा हुआ है ?’’

सबेरे से ही जलद अपने स्वामी की कलकत्ता-यात्रा का आयोजन देख कर मन-ही-मन डर रही थी। सास की बात सुन कर रोने लगी और बोली—‘‘माँ, दोष मेरा ही है। लेकिन ये नौकरानियाँ ही खरच-वरच के बारे में तरह-तरह की बातें किया करती हैं।’’

पार्वती ने सब बातें सुनीं। उसने खुद ही लज्जित हो कर बहू की आँखें पोंछीं और कहा—‘‘बहू, तुम ठीक कहती हो। लेकिन बेटी, मैं वैसी गृहस्थिनी नहीं हूँ; इसलिए खरच-वरच का मुझे उतना ज्यादा खयाल नहीं था।’’

इसके बाद उसने महेन्द्र को बुला कर कहा—‘‘बेटा, तुम बिना अपराध के क्रोध मत करो। तुम स्वामी हो। यही ठीक है कि तुम्हारी मंगल-कामना के आगे स्त्री के लिए और सब बातें तुच्छ हों। बहू तुम्हारी लक्ष्मी है।’’

लेकिन उसी दिन से पार्वती ने अपना हाथ खींचना शुरू कर दिया। अब अतिथिशाला और देवमन्दिर की पहले की तरह सेवा नहीं होती। बहुत-से अनाथ-अन्धे और साधु-फकीर यों ही वापस चले जाते हैं। घर के मालिक ने यह सुन कर पार्वती को बुला कर पूछा—‘‘क्यों जी, क्या लक्ष्मी का भण्डार खतम हो गया ?’’

पार्वती ने हँसते हुए कहा—‘‘सिर्फ देते रहने से कहाँ तक काम चलेगा ?

कुछ दिन जमा भी तो करना चाहिए। देखते नहीं हो, खर्च कितना बढ़ गया है ?''

''बढ़ने दो। अब मुझे और कितने दिन जीना है ? जो थोड़े-से दिन हैं उनमें सत्कर्म करके परलोक की तरफ देखना ही उचित है।''

पार्वती ने हँस कर कहा—''यह तो बहुत ही स्वार्थियों की-सी बात है। सिर्फ अपना ही खयाल रखोगे और लड़के-बच्चों को यों ही बह जाने दोगे ? कुछ दिनों तक और चुप रहो। उसके बाद फिर सब होगा। आदमी के काम तो कभी खतम हो नहीं जाते ?''

चौधरी महाशय लाचार हो गये।

पार्वती का काम-धन्धा अब कम हो गया, इसीलिए उसकी चिन्ताएँ कुछ अधिक बढ़ गईं। लेकिन सभी चिन्ताओं का एक अलग ढंग है। जिसे कुछ आशा है, वह एक तरह से सोचता है और जिसे कोई आशा नहीं होती, वह कुछ और ही तरह सोचता है। आशा वाली चिन्ता में सजीवता है, सुख है, तृप्ति है, दुःख है और उत्कंठा है। इसीलिए वह मनुष्य को श्रान्त कर देती है, वह अधिक समय तक नहीं सोच सकता। लेकिन आशाहीन को न तो सुख है, न दुःख है, न उत्कंठा है, फिर भी तृप्ति है। उसकी आँखों से आँसू भी गिरते हैं, उसमें गम्भीरता भी होती है, लेकिन वह चिन्ता रोज नये सिरे से उसे चोट नहीं पहुँचाती ! वह हलके मेघ की तरह जहाँ-तहाँ तैरती रहती है। जहाँ हवा नहीं लगती, वहाँ ठहरती है; और जहाँ लगती है, वहाँ से खिसक जाती है। तन्मय मन उद्वेगहीन चिन्ता में एक सार्थकता प्राप्त करता है। पार्वती का भी आजकल ठीक यही हाल है। जब वह पूजा आदि नित्य-कर्म करने बैठती है तब उसका उद्देश्यहीन और हताश मन चट-पट तालसोनापुर की बाँस की झाड़ियों, आम के बगीचों, पाठशाला और तालाब के घाट आदि का चक्कर लगा आता है। और कभी-कभी किसी ऐसे स्थान में छिप जाता है कि पार्वती स्वयं अपने आपको ही ढूँढ नहीं पाती। आगे शायद कभी-कभी उसके होंठों के कोनों पर हँसी भी आ जाया करती थी, लेकिन आजकल तो उसकी आँखों से बस एक बूँद जल गिर कर पंचपात्र के जल में मिल जाता है। तो भी दिन कट ही रहे हैं। काम-धन्धा करने, मीठी बातें कहने और परोपकार और सेवा-टहल करने में और सब कुछ भूल कर ध्यानमग्न योगिनी की तरह रहने में दिन कट जाते हैं। कोई उसे कहता है लक्ष्मी-स्वरूपा अन्नपूर्णा और कोई कहता है अन्यमनस्का उदासिनी। लेकिन कल सबेरे से उसमें एक और ही प्रकार का परिवर्तन दिखाई दे रहा है। वह मानो कुछ तीखी और कुछ कठोर हो गई है। परिपूर्ण और ज्वार वाली गंगा में मानो अचानक कहीं से भाटा आ गया है। घर का कोई आदमी उसका कारण नहीं जानता, सिर्फ हम जानते हैं। मनोरमा ने कल गाँव से एक पत्र में लिखा है :

''पार्वती, इधर बहुत दिनों से हम लोगों में से किसी ने भी एक-दूसरे को कोई पत्र नहीं लिखा है, इसलिए दोष दोनों का ही हुआ है। मैं चाहती हूँ कि एक समझौता हो जाय।दोनों ही अपना-अपना दोष स्वीकार करके अपनी-अपनी नाराजगी को कम करें। लेकिन मैं बड़ी हूँ, इसलिए मैं ही क्षमा माँग लेती हूँ। मैं आशा करती हूँ कि तुम शीघ्र ही उत्तर दोगी। आज प्राय: एक मास हुआ है मुझे यहाँ आये हुए। हम लोग गृहस्थ के घर की स्त्रियाँ ठहरीं, इसलिए शारीरिक अच्छाई और बुराई पर उतना ध्यान नहीं देतीं। मर जाने पर कहती हैं कि गंगा-लाभ हुआ है; और जब जीती हैं तब कहती हैं—अच्छी हैं। मैं भी इसलिए अच्छी हूँ। लेकिन यह तो हुई अपनी बात। कुछ इधर-उधर की बात भी हो। इधर-उधर की कोई ऐसी खास बात नहीं है। तो भी एक खबर तुम्हें सुनाने की बहुत इच्छा हो रही है। कल से ही सोच रही हूँ कि तुम्हें यह समाचार दूँ या न दूँ; तो भी, मुझसे रहा नहीं जाता। मानो मारीच की-सी दशा हो रही है। देवदास का हाल सुन कर तुम्हें तो दु:ख होगा ही, लेकिन तुम्हारी हालत का ध्यान करके मैं भी बिना रोये नहीं रह सकती। भगवान ने बहुत ही रक्षा की; नहीं तो तुम्हारे जैसी आत्माभिमानिनी अगर उसके हाथ में पड़ती तो या तो अब तक गंगा में डूब मरती या जहर खा लेती। और रहा उसका हाल, सो आज सुना तो भी सुनोगी और दो दिन बाद सुनो तो भी सुनोगी, क्योंकि जो बात सारे संसार के लोग जानते हैं, उसे क्या छिपाना ?

''आज छ:-सात दिन हुए देवदास यहाँ आया है। तुम यह तो जानती ही हो कि जमींदारिन काशीवास करती हैं और देवदास कलकत्ता-वासी हो गया है। यह घर आया है, सिर्फ अपने बड़े भाई के साथ झगड़ा करने और रुपये लेने। सुना है कि वह इसी तरह बीच-बीच में आया करता है और जब तक रुपयों का इन्तजाम नहीं हो जाता, तब तक ठहरता है; रुपये मिलते ही चला जाता है।''

''उसके पिता को मरे ढाई बरस हो गये हैं। तुम्हें यह सुन कर आश्चर्य होगा कि इतने ही समय में उसने अपनी लगभग आधी सम्पत्ति उड़ा दी है। द्विजदास तो बहुत ही हिसाब से रहने वाला आदमी है, इसीलिए उसने पैतृक सम्पत्ति किसी प्रकार अपने ही हाथ में रखी है। नहीं तो इतने दिनों में उसे भी दस आदमी मिल कर लूट लेते लेकिन जो शराब और वेश्याओं में अपना सर्वस्व होम कर रहा है, उसकी कौन रक्षा करेगा ? एक यमराज ही कर सकता है। और मालूम होता है कि उसमें भी अब अधिक विलम्ब नहीं है। खैरियत यही है कि उसने ब्याह नहीं किया।

''हाय, दु:ख भी होता है ? न तो अब वह सोने का-सा रंग है, न वह रूप है और न वह श्री ही है। मालूम होता है कि यह और ही कोई है। सिर के रूखे बाल हवा में इधर-उधर उड़ते रहते हैं, आँखें गढ़े में धँस गई हैं और नाक खाँड़े

की तरह आगे निकल आई है। अब मैं तुम्हें क्या बतलाऊँ कि वह कैसा कुत्सित हो गया है। देखने से घृणा होती है और डर लगता है। दिन भर नदी किनारे बाँध पर बन्दूक हाथ में लिये चिड़ियाँ मारता-फिरता है और जब धूप में सिर घूमने लगता है तब बाँध पर उसी बेर के पेड़ के नीचे सिर नीचा करके बैठा रहता है। सन्ध्या हो जाने पर आ कर शराब पीता है। और रात को सोता है या घूमता-फिरता रहता है, यह भगवान ही जानें।

"उस दिन सन्ध्या को मैं नदी से जल लाने गई थी। देखा कि देवदास हाथ में बन्दूक लिये किनारे-किनारे सूखा हुआ मुँह लिये चला जा रहा है। जब मुझे पहचाना, तो पास आ कर खड़ा हो गया। मैं तो मारे डर के मर गई। घाट पर कहीं कोई नहीं था। उस दिन मैं अपने आपे में नहीं रह गई। भगवान ने बहुत ही रक्षा की कि उस दिन उसने पागलपन या बदमाशी नहीं की। उसने बिल्कुल निरीह और भले आदमियों की तरह शान्त भाव से पूछा—"क्यों मनो, अच्छी तो हो बहन!"

"उस समय और क्या करती! डरते-डरते सर हिला कर कह दिया—"हूँ।"

"तब उसने एक ठंडी साँस लेकर कहा—तुम सुखी रहो बहन, तुम लोगों को देखने से मुझे बहुत आनन्द होता है। इसके बाद धीरे-धीरे चला गया। मैं उठती थी तो गिर-गिर पड़ती थी। फिर भी शरीर की सारी शक्ति लगा कर भागी। मइया री! बड़े भाग्य थे कि उसने कहीं मेरा हाथ-वाथ नहीं पकड़ लिया। अच्छा, अब उसकी बातें जाने दो। अगर मैं उस दुर्वृत्त का सब वृतान्त लिखने लगूँ तो इस चिट्ठी में पूरा नहीं आ सकता।

"बहन, मैंने तुम्हें बहुत कष्ट दिया न? अगर आज तक भी तुम उसे नहीं भूली हो तो तुम्हें कष्ट तो होगा ही, लेकिन उपाय ही क्या है? और इसके लिए अगर मुझसे कोई अपराध हुआ हो, तो अपने गुणों से अपनी स्नेहाकांक्षिणी मनो बहन को क्षमा कर देना।"

कल ही यह पत्र आया था। आज उसने महेन्द्र को बुला कर कहा—"दो पालकियाँ और बत्तीस कहार चाहिए। मैं इसी समय तालसोनापुर जाऊँगी।"

महेन्द्र ने चकित होकर पूछा—"पालकियाँ और कहार तो मैं ला देता हूँ, लेकिन माँ दो पालकियाँ क्या होंगी?"

पार्वती ने कहा—"बेटा, तुम्हें संग चलना होगा। अगर रास्ते में कहीं मर गई तो मुँह में आग देने के लिए बड़े लड़के की ज़रूरत होगी।"

महेन्द्र ने फिर भी कुछ नहीं कहा। पालकियाँ आने पर दोनों ने वहाँ से चल दिये।

जब चौधरी महाशय ने सुना तब घबरा कर नौकरों और दासियों से पूछा;

लेकिन कोई भी कारण न बतला सका। आखिर उन्होंने अक्ल खर्च करके और भी दस-पाँच दरबानों और दास-दासियों को भेज दिया।

एक सिपाही ने पूछा—''अगर रास्ते में भेंट हो जाये तो क्या पालकी लौटा लायें ?''

उन्होंने कुछ सोच-समझ कर कहा—''नहीं, इसकी जरूरत नहीं। तुम लोग उनके साथ चले जाना जिससे रास्ते में कोई आफत-वाफत न आये।''

उसी दिन सन्ध्या के बाद दोनों पालकियाँ तालसोनापुर जा पहुँचीं। लेकिन देवदास गाँव में नहीं था, उसी दिन दोपहर को कलकत्ते चला गया था।

पार्वती ने अपना माथा ठोंक कर कहा—भाग्य। और फिर उसने मनोरमा के साथ भेंट की।

मनोरमा ने पूछा—''क्यों पारो क्या देवदास से मिलने आई थीं ?''

पार्वती ने कहा—''नहीं, अपने साथ ले जाने के लिए आई थी। यहाँ तो उनका कोई अपना है नहीं।''

मनोरमा अवाक हो गई। उसने कहा—''हैं ! यह क्या कह रही हो ! लाज नहीं आती ?''

''लाज काहे की ? अपनी चीज आप ले जाऊँगी, इसमें लाज काहे की ?''

''छी: छी:। यह कैसी बातें करती हो ! तुम्हारा तो कोई रिश्ता-नाता तक नहीं है। ऐसी बात कभी मुँह पर भी न लाना !''

पार्वती ने फीकी हँसी हँस कर कहा—''मनो बहन, होश सँभालने के दिन से जो बात मन के अन्दर बस रही है, वह एकाध बार मुँह से भी निकल जाती है। तुम मेरी बहन हो, इसलिए तुमने यह बात सुन ली।''

दूसरे दिन सुबह-सवेरे पार्वती अपने पिता और माता के चरणों में प्रणाम करके फिर पालकी पर सवार हो गई।

पन्द्रहवाँ परिच्छेद

आज दो बरस हुए, चन्द्रमुखी ने अशथझूरी नामक गाँव में अपना मकान बना लिया है। छोटी नदी के किनारे एक ऊँची जगह पर मिट्टी के बने हुए दो साफ कमरे हैं। पास ही एक छप्पर पड़ा है जिसमें काले रंग की एक मोटी-तगड़ी गाय बँधी है। दो कमरों में से एक में रसोई होती है, बरतन आदि रखे रहते हैं और दूसरे में

वह सोती है। आँगन खूब साफ-सुथरा है। रमा बागदी की लड़की उसे रोज लीप-पोत जाती है। चारों ओर एरण्ड के पेड़ों का घेरा है, बीच में एक बेर का पेड़ है और एक तरफ तुलसी। सामने नदी का घाट है। कुछ मजूर लगा कर और खजूर के पेड़ कटवा कर सीढ़ियाँ तैयार करा ली गई हैं। उसके सिवा उस घाट का कोई उपयोग नहीं करता। जब बरसात में नदी के दोनों किनारे भर जाते हैं तब चन्द्रमुखी के मकान के नीचे तक जल आ जाता है। गाँव के लोग घबरा कर कुदाल लिये हुए दौड़ आते हैं और नीचे मिट्टी डाल कर जमीन ऊँची कर जाते हैं। इस गाँव में ऊँची जाति के लोग नहीं रहते, किसान, अहीर, बागदी आदि रहते हैं; दो घर कलवारों के हैं और गाँव के अन्त में दो मोची भी रहते हैं। इस गाँव में आने पर चन्द्रमुखी ने देवदास को समाचार दिया था। उत्तर में उसने कुछ और रुपये भेज दिये थे। चन्द्रमुखी उन्हीं रुपयों को गाँव के लोगों को उधार के तौर पर देती है। आपद-विपद के समय सभी लोग दौड़े हुए उसके पास आते हैं और रुपये ले कर अपने घर जाते हैं। चन्द्रमुखी सूद नहीं लेती। हाँ, उसके बदले वे लोग केले, मूली, खेत की साग-भाजी वगैरह खुद ही दे जाते हैं। वह मूल रकम के लिए भी लोगों को तंग नहीं करती। जो रुपये नहीं दे सकता, वह नहीं देता।

चन्द्रमुखी हँस कर कहती है—अब तुम्हें कभी रुपये नहीं दूँगी।

वह नम्र भाव से कहता है—माँ जी, आप आशीर्वाद दें जिससे इस बार अच्छी फसल हो।

चन्द्रमुखी आशीर्वाद देती है, फिर भी शायद अच्छी फसल नहीं होती। लगान का तकाजा होता है। वे लोग फिर आते हैं और मन-ही-मन हँसती हुई वह कहती है, 'वे' जीते रहें, मुझे रुपयों की क्या चिन्ता!

लेकिन 'वे' हैं कहाँ? प्राय: छै मास हो गये हैं, उसे कोई समाचार नहीं मिला। वह चिट्ठी लिखती है तो कोई जवाब नहीं आता, रजिस्ट्री चिट्ठी भी लौट आती है। ग्वाले का एक घर चन्द्रमुखी ने अपने घर के पास ही बसाया है। उसके लड़के के ब्याह में उसने साढ़े दस गंडे रुपये लड़की वाले को दिये हैं और एक जोड़ी हल भी खरीद दिया है। वह सपरिवार चन्द्रमुखी का आश्रित और नितान्त आज्ञाकारी है। एक दिन सबेरे चन्द्रमुखी ने ग्वाले को बुला कर कहा—''क्यों भैरव, तुम जानते हो कि तालसोनापुर यहाँ से कितनी दूर है?''

भैरव ने सोच कर कहा—''दो मैदान पार करने के बाद ही वहाँ की कचहरी है।''

चन्द्रमुखी ने पूछा—''वहाँ शायद जमींदार रहते हैं?''

भैरव ने कहा—''हाँ, वही इस इलाके के जमींदार हैं। यह गाँव उन्हीं का है। आज तीन बरस हुए उनका स्वर्गवास हो गया है। उस समय सारी प्रजा ने एक

महीने तक वहाँ पूरी-मिठाई खाई थी। अब उनके दो लड़के हैं। बहुत बड़े आदमी हैं—एकदम राजा समझो।''

चन्द्रमुखी ने कहा—''भैरव, तू मुझे वहाँ ले जा सकता है ?''

भैरव ने कहा—''माँ जी, ले क्यों नहीं जा सकता! जिस दिन जी चाहे, चलो।''

चन्द्रमुखी ने उत्सुक हो कर कहा—''तो फिर चलो भैरव, हम लोग आज ही चलें।''

भैरव ने चकित हो कर कहा—''आज ही।'' इसके बाद चन्द्रमुखी की ओर लक्ष्य करके कहा—''अच्छा तो फिर माँ जी, तुम जल्दी रसोई कर लो। मैं भी थोड़ा-सा चबेना बाँध लेता हूँ।''

चन्द्रमुखी ने कहा—''नहीं भैरव, अब मैं रसोई नहीं बनाऊँगी। तुम चबेना बाँध लो।''

भैरव ने घर जाकर थोड़ा-सा चबेना और गुड़ चादर के पल्ले में बाँध कर उसे कन्धे पर डाल लिया। थोड़ी ही देर बाद वह एक लाठी हाथ में ले कर आ पहुँचा और बोला—''अच्छा तो चलो। लेकिन माँ जी, तुम कुछ खाओगी नहीं ?''

चन्द्रमुखी ने कहा—''नहीं भैरव, मैंने अभी तक पूजा-पाठ नहीं किया है। अगर समय मिला तो वहीं चल कर सब कुछ कर लूँगी ?''

भैरव आगे-आगे रास्ता दिखलाता हुआ चला, पीछे-पीछे चन्द्रमुखी भी बहुत कष्ट से मेंड़ों पर पैर रखती हुई चलने लगी। उसके दोनों अनभ्यस्त कोमल पैर कट-फट गये और धूप से सारा मुँह लाल हो गया। स्नान और भोजन आदि कुछ भी नहीं हुआ था तो भी चन्द्रमुखी मैदान के बाद मैदान पार करती हुई आगे बढ़ने लगी। खेतों में काम करने वाले किसान चकित हो कर उसके मुँह की ओर देखते रहे।

चन्द्रमुखी के पहनावे में लाल किनारे की एक धोती थी, हाथ में दो कड़े थे, माथे पर आधी दूर तक घूँघट था और सारा शरीर बिछौने की एक मोटी चादर से ढँका हुआ था। सूर्यास्त होने में ज्यादा देर नहीं थी जब दोनों आदमी गाँव में जा पहुँचे। चन्द्रमुखी ने कुछ हँस कर कहा—''भैरव, तुम्हारे दो मैदान क्या अब जा कर पूरे हुए हैं ?''

भैरव ने इस परिहास को न समझ कर सरल भाव से कहा—''माँ जी, अब तो आ पहुँचे हैं। लेकिन आपका सुखी शरीर ठहरा, आज क्या आप लौट सकेंगी ?''

चन्द्रमुखी ने मन-ही-मन कहा—आज की कौन कहे, मैं तो शायद कल भी इस रास्ते में न चल सकूँगी। फिर प्रकट रूप से कहा—''भैरव, यहाँ गाड़ी नहीं मिलती ?''

भैरव ने कहा—''मिलती क्यों नहीं माँ जी, मैं एक बैलगाड़ी ठीक करूँ ?''

भैरव गाड़ी का बन्दोबस्त करने के लिए दूसरी तरफ चला गया। गाड़ी ठीक करने की आज्ञा दे कर चन्द्रमुखी ने जमींदार साहब के मकान में प्रवेश किया। मकान के अन्दर ऊपर वाले बरामदे में बड़ी बहू, (आजकल जमींदार-गृहिणी) बैठी हुई थी। एक दासी ने चन्द्रमुखी को वहीं ले जा कर पहुँचा दिया। दोनों ने एक-दूसरी को अच्छी तरह देखा।

चन्द्रमुखी ने नमस्कार किया। बड़ी बहू के सारे शरीर पर गहने नहीं समाते और आँखों के कोनों से अहंकार फटा पड़ता है। दोनों होंठ और सब दाँत पान और मिस्सी से काले हो गये हैं। एक तरफ का गाल कुछ ऊँचा है, शायद पान और सुरती भरी हुई है। सिर के बाल इस तरह खींच कर बाँधे गये हैं कि जूड़ा सिर के अग्रभाग से भी ऊपर उठ गया है। दोनों कानों में छोटी-बड़ी सब मिला कर बीस-पच्चीस बालियाँ हैं। नाक में एक तरफ लौंग और दूसरी तरफ एक बड़ा-सा छेद है। जान पड़ता है कि सास के समय उस छेद में नथ पहनी जाती थी !

चन्द्रमुखी ने देखा कि बड़ी बहू खूब मोटी-तगड़ी है, खूब मँजा-घिसा शरीर है, खूब काला रंग है, खूब बड़ी-बड़ी आँखें हैं, गोल-मटोल चेहरा है। पहनावे में काली किनारी की साड़ी है और बदन पर एक कीमती कुरती। उसे देख कर चन्द्रमुखी को कुछ घृणा हुई। उधर बड़ी बहू ने देखा कि यद्यपि चन्द्रमुखी की अवस्था अधिक हो गई है तो भी उसके शरीर में रूप नहीं समाता, फटा पड़ता है। जान पड़ता है कि दोनों की अवस्था समान है; लेकिन बड़ी बहू ने मन-ही-मन यह बात स्वीकार नहीं की। इस गाँव में एक पार्वती को छोड़ कर और किसी स्त्री में बड़ी बहू ने इतना रूप नहीं देखा था। उसने चकित हो कर पूछा—''तुम कौन हो जी ?''

चन्द्रमुखी ने कहा—''मैं आपकी ही एक प्रजा हूँ। कुछ मालगुजारी बाकी पड़ी है, वही देने आई हूँ।''

बड़ी बहू ने मन-ही-मन प्रसन्न होकर कहा—''तो फिर यहाँ क्यों आई ? कचहरी में जाओ न !''

चन्द्रमुखी ने कुछ मुस्करा कर कहा—''बहू जी, हम लोग गरीब ठहरीं। पूरी मालगुजारी तो दे नहीं सकतीं। सुना है कि आप बहुत दयावान हैं। इसलिए आपके पास आई हूँ। दया करके शायद आप कुछ माफ कर दें।''

इस तरह की बात बड़ी बहू ने अपने जीवन में आज पहले-पहल ही सुनी कि मुझमें दया है, मालगुजारी भी माफ कर सकती हूँ और इसलिए चन्द्रमुखी उसकी परम प्रिय पात्री बन गई। उसने कहा—''सो बेटी, दिन भर में इस तरह कितने ही रुपये मुझे छोड़ देने पड़ते हैं, कितने लोग आ कर मुझे घेरते हैं और मुझसे 'नहीं'

नहीं किया जाता, इसके लिए मालिक मुझ पर न जाने कितना नाराज भी होते हैं।—
हाँ, तो तुम्हारे कितने रुपये बाकी पड़े हैं?''

''बहुत नहीं, खाली दो रुपये। लेकिन मेरे लिए तो मानो वही पहाड़ हो रहे
हैं। आज दिन-भर रास्ता चल कर यहाँ तक आई हूँ।''

बड़ी बहू ने कहा—''आहा, तो तुम लोग गरीब ठहरी; हम लोगों का दया
करना ही उचित है। अरी बिन्दुमती, इन्हें बाहर ले जा और दीवान जी से मेरा नाम
ले कर कह दे कि दो रुपये माफ कर दें। हाँ जी, तुम्हारा मकान कहाँ है?''

चन्द्रमुखी ने कहा—''आपके ही राज्य में उस अशथझूरी गाँव में। क्यों बहू
जी, मालिक तो दो हिस्सेदार हैं न?''

बड़ी बहू ने कहा—''फूटी तकदीर! दूसरा हिस्सेदार और कौन है? दो दिन
बाद हमारा ही तो सब होगा।''

चन्द्रमुखी ने उद्विग्न हो कर पूछा—''क्यों बहू जी, छोटे बाबू पर शायद बहुत
ज्यादा कर्ज है?''

बड़ी बहू ने कुछ हँस कर कहा—''सब हमारे ही पास रेहन है। छोटे बाबू
एकदम बरबाद हो गये हैं। कलकत्ते में शराब और रंडी, बस इन्हें ही लेकर रहते
हैं। न जाने कितने रुपये उड़ा दिये, कुछ ठिकाना है!''

चन्द्रमुखी का मुँह सूख गया। उसने कुछ रुक कर पूछा—''तो हाँ बहूजी,
क्या छोटे बाबू कभी नहीं आते?''

बड़ी बहू ने कहा—''आते क्यों नहीं हैं? जब रुपये की ज़रूरत होती है,
आते हैं। कर्ज ले कर और जायदाद रेहन रख कर चले जाते हैं। अभी कोई दो महीने
हुए आये थे, बारह हजार रुपये ले गए हैं। अब उनके बचने के भी कोई लच्छन
नहीं हैं। सारे बदन में बहुत ही खराब बीमारी हो गई है—छी: छी:।''

चन्द्रमुखी सिहर उठी। उसने मलिन मुख से पूछा—''वे कलकत्ते में कहाँ
रहते हैं?''

बड़ी बहू ने सिर पीट कर हँसते हुए कहा—''कम्बख्ती! क्या कोई जानता
है कि वे कहाँ रहते हैं? कहीं किसी होटल में खा-पी लेते हैं, जिस-तिस के घर
पड़े रहते हैं! वही जानें और उनकी शराब जाने।''

चन्द्रमुखी सहसा उठ कर खड़ी हो गई और बोली—''अच्छा, तो मैं जाती
हूँ।''

बड़ी बहू ने कुछ चकित हो कर पूछा—''तुम जाओगी? अच्छा; अरे ओ
बिन्दुमती।''

चन्द्रमुखी ने रोक कर कहा—''नहीं बहू जी, आप रहने दें। मैं आप ही

कचहरी चली जाऊँगी।''

इतना कह कर धीरे-धीरे वहाँ से चली गई। मकान के बाहर आ कर उसने देखा कि भैरव आसरे में खड़ा है और बैलगाड़ी तैयार है। उसी रात को चन्द्रमुखी अपने घर लौट आयी। सबेरे उसने फिर भैरव को बुला कर कहा—'' भैरव, आज मैं कलकत्ते जाऊँगी। तुम तो जा नहीं सकोगे; इसलिए तुम्हारे लड़के को ले जाऊँगी। क्या कहते हो ?''

भैरव ने कहा—''जैसी तुम्हारी इच्छा। लेकिन कलकत्ते क्यों जा रही हो माँ जी। वहाँ कोई खास काम है ?''

चन्द्रमुखी ने कहा—''हाँ भैरव, एक खास काम है।''

''और माँजी, आओगी कब ?''

''यह तो अभी नहीं कह सकती भैरव। शायद जल्दी ही आऊँगी। देर भी हो सकती है। और अगर लौट कर न आई तो यह सारा घर-बार तुम्हारा रहेगा।''

पहले तो भैरव अवाक हो गया, फिर उसकी आँखों में जल भर आया। उसने कहा—''माँ जी, आप यह कैसी बात कहती हैं ? अगर आप लौट कर नहीं आयेंगी तो इस गाँव के लोग जीते न बचेंगे।''

चन्द्रमुखी ने सजल नेत्रों से कुछ मुस्कराते हुए कहा—''यह क्या भैरव! मैं तो दो ही बरस से यहाँ आई हूँ। इसके पहले लोग जीते नहीं थे ?''

इस बात का कोई उत्तर मूर्ख भैरव न दे सका लेकिन चन्द्रमुखी ने मन-ही-मन सब कुछ समझ लिया। भैरव का लड़का केवल ही उसके साथ जायेगा। जब वह गाड़ी पर जरूरी सामान लाद कर सवार होने लगी तो गाँव भर की स्त्रियाँ और पुरुष सभी देखने आये और देख कर रोने लगे। खुद चन्द्रमुखी की आँखों में भी जल नहीं समाता था। कलकत्ता क्या चीज है, अगर उसे देवदास के लिए न जाना होता तो कलकत्ते की रानी का पद पाने के लिए भी वह कभी न जाती।

कलकत्ते पहुँच कर दूसरे दिन वह क्षेत्रमणि के घर जा पहुँची। उसके पहले के मकान में अब कोई और रहने लगा। क्षेत्रमणि अवाक हो गई—''अरे बहन, तुम इतने दिनों तक कहाँ थी ?''

चन्द्रमुखी ने असली बात छिपा कर कहा—''मैं इलाहाबाद में थी।''

क्षेत्रमणि ने खूब अच्छी तरह उसका सारा शरीर निरख कर कहा—''तुम्हारे गहने वगैरह क्या हुए बहन ?''

चन्द्रमुखी ने हँसते हुए संक्षेप में—''सब हैं।''

उसी दिन उसने बनिये के साथ भेंट करके पूछा—''क्यों दयाल, अब मेरे और कितने रुपये बाकी निकलते हैं ?''

दयाल बड़ी आफत में फँसा। बोला—‘‘यही कोई साठ-सत्तर रुपये होंगे। आज नहीं तो दो दिन बाद दे दूँगा।’’

‘‘तुम्हें कुछ देना नहीं होगा, लेकिन मेरा एक काम कर दो।’’

‘‘क्या काम?’’

‘‘बस यही कि तुम्हें कुछ मेहनत करनी पड़ेगी। हम लोगों के मुहल्ले में एक मकान किराये पर मुझे ले देना होगा—समझे?’’

दयाल ने हँस कर कहा—‘‘हाँ समझ गया।’’

‘‘जरा अच्छा मकान हो। खूब अच्छा बिछौना, तकिये, चादरें, रोशनी, तस्वीरें, दो कुर्सियाँ, एक मेज़—समझ गये न?’’

दयाल ने सिर हिला दिया।

‘‘शीशा, कंघी, दो जोड़ा रंगीन धोतियाँ, पहनने के लिए कुर्ती और बढ़िया गिलट किये हुए गहने कहाँ मिलते हैं, जानते हो?’’

दयाल ने पता बतला दिया।

चन्द्रमुखी ने कहा—‘‘एक सेट गिलट के अच्छे गहने भी देख कर खरीदने होंगे। मैं साथ चल कर पसन्द कर लूँगी।’’ इसके बाद उसने कुछ हँस कर कहा— ‘‘हम लोगों को जो कुछ चाहिए, सब जानते तो हो तुम। और एक दासी भी ठीक करनी होगी।’’

दयाल ने पूछा—‘‘यह सब कब तक चाहिए?’’

‘‘जितनी जल्दी हो सके। दो-तीन दिन में ही सब ठीक हो जाय तो अच्छा है।’’ यह कह कर चन्द्रमुखी ने उसके हाथ में सौ रुपये का एक नोट देकर कहा— ‘‘देखो, सब चीजें अच्छी लेना, किफायत के फेर में न पड़ना।’’

तीसरे दिन चन्द्रमुखी अपने नये मकान में चली गई। उसने दिन भर केवलराम के साथ अपने मन के माकिफ मकान की सजावट की और शाम से कुछ पहले ही वह अपना शृंगार करने बैठ गई। साबुन से मुँह धो कर पाउडर लगाया, अलता घोल कर पैरों में लगाया और पान खा कर होंठ लाल किये। इसके बाद सारे शरीर में गहने पहन कर और कुर्ती डाँट कर रंगीन साड़ी पहनी। बहुत दिनों के बाद केश-विन्यास करके माथे पर बिन्दी लगाई। फिर शीशे में अपने आपको देख कर उसके मन-ही-मन हँसते हुए कहा—इस फूटी हुई तकदीर में अभी न जाने और क्या-क्या बदा है!

देहाती बालक केवलराम ने अचानक यह नया साज-शृंगार और कपड़े-लत्ते देख कर डरते हुए पूछा—‘‘दीदी, यह क्या?’’

चन्द्रमुखी ने हँसते हुए कहा—‘‘केवल, आज मेरे वर आयेंगे!’’

केवलराम चकित होकर देखता रह गया।

सन्ध्या के बाद क्षेत्रमणि उसके यहाँ मिलने आई। उसने पूछा—''बहन, यह सब क्या है।''

चन्द्रमुखी ने मुस्कराते हुए कहा—''फिर से यह सब चाहिए न।''

क्षेत्रमणि ने कुछ देर तक देखते रहने के बाद कहा—''बहन की उमर जितनी बढ़ रही है, रूप भी उतना ही बढ़ रहा है!''

उसके चले जाने पर चन्द्रमुखी बहुत दिनों बाद फिर पहले की ही तरह खिड़की के पास जा बैठी। वहाँ से वह एकटक सड़क की तरफ देखती रही। बस यही उसका काम था, इसी के लिए वह यहाँ रहेगी, बराबर यही करती रहेगी। शायद कभी कोई नया आदमी आना चाहता है और ऊपर आ कर दरवाजा खटखटाता है। केवलराम मानो कंठाग्र किये हुए पाठ की तरह भीतर से कह देता है—यहाँ नहीं।

कभी-कभी कोई पुरानी जान-पहचान वाला भी आ जाता है। चन्द्रमुखी उसे बैठा कर हँस-हँसकर बातें करती है और बातों-ही-बातों में देवदास के विषय में पूछती है, लेकिन वह कुछ बतला नहीं सकता है और वह उसे यों ही विदा कर देती है। जब अधिक रात बीत जाती है तब खुद ही बाहर निकल पड़ती है। मुहल्ले-मुहल्ले दरवाजे-दरवाजे घूमती-फिरती है। छिप कर दरवाजे-दरवाजे कान लगा कर बातचीत सुनना चाहती है। वह कहीं सुनाई नहीं देता। कभी-कभी कोई मुँह ढँक कर अचानक उसके बहुत पास आ जाता है और स्पर्श करने के लिए हाथ बढ़ाता है। तब चन्द्रमुखी घबरा कर पीछे हट जाती है। दोपहर को अपनी पुरानी परिचित सहेलियों के यहाँ घूमने चली जाती है। बातों-ही-बातों में प्रश्न करती है—कोई देवदास को जानती हो ?

वे लोग पूछती हैं—कौन देवदास ?

चन्द्रमुखी उत्सुक होकर परिचय देने लगती है—गोरा रंग, सिर पर घुँघराले बाल, माथे पर बायीं तरफ एक चोट का निशान। बहुत बड़े आदमी हैं। बहुत रुपये खर्च करते हैं। पहचानती हो ?

लेकिन कोई पता नहीं बतला सकता। हताश विषण्ण मुख से चन्द्रमुखी घर लौट आती है और बहुत रात तक जागती हुई सड़क की तरफ देखती रहती है। नींद आने पर नाराज होती है और मन-ही-मन कहती है—यह क्या मेरे सोने का समय है ?

धीरे-धीरे एक महीना बीत गया। केवलराम भी घबरा गया। अब स्वयं चन्द्रमुखी को भी सन्देह होने लगा कि शायद देवदास यहाँ नहीं है। तो भी आशा लगाये देवताओं के चरणों में तन-मन से प्रार्थना करती हुई दिन-पर-दिन बिताने लगी।

उसे कलकत्ते आये हुए डेढ़ महीना हो गया। एक रात उसका भाग्य प्रसन्न हुआ। उस समय रात के ग्यारह बजे थे। यह उसका भाग्य ही था कि उसने देखा— सड़क के किनारे एक दरवाजे के सामने कोई आदमी मुँह-ही-मुँह में बड़बड़ा रहा है। चन्द्रमुखी का कलेजा उछलने लगा। यह कंठ स्वर तो परिचित है। लाखों-करोड़ों आदमियों में भी वह इस स्वर को पहचान लेती। उस जगह कुछ अँधेरा था, तिस पर वह आदमी शराब के नशे में चूर होने के कारण औंधा पड़ा हुआ था। चन्द्रमुखी ने पास पहुँच कर उसके शरीर पर हाथ रख कर पूछा—''क्यों जी, तुम कौन हो ? इस तरह क्यों पड़े हुए हो ?''

उस आदमी ने कुछ गाने के सुर में कहा—''सुनो सखी, यह मन का मानस; पाऊँ अगर गिरधर-सा स्वामी –''

अब चन्द्रमुखी को सन्देह नहीं रह गया। उसने पुकारा—''देवदास !''

देवदास ने उसी तरह कहा—''हूँ।''

''यहाँ क्यों पड़े हो ? घर चलोगे ?''

''नहीं। यहीं अच्छा हूँ।''

''थोड़ी शराब पियोगे ?''

''हाँ, पियूँगा।'' इतना कह कर उसने जोर से चन्द्रमुखी का गला पकड़ लिया और कहा—''भाई, तुम मेरे ऐसे मित्र कौन हो ?''

चन्द्रमुखी की आँखों से आँसू बहने लगे। इसके बाद देवदास ने बहुत परिश्रम से लड़खड़ाते हुए उसका गला पकड़ कर किसी तरह उठ कर और उसके मुँह की ओर देख कर कहा—''वाह ! यह तो बढ़िया चीज है देवदास !''

चन्द्रमुखी के रोने में हँसी शामिल हो गई। उसने कहा—''हाँ, बढ़िया चीज है। अब मेरे कन्धे का सहारा ले कर जरा आगे बढ़ चलो। एक गाड़ी की जरूरत तो होगी –''

''हाँ, जरूरत क्यों नहीं होगी !''

रास्ता चलते-चलते देवदास ने रुद्ध-कण्ठ से कहा—''सुन्दरी, तुम मुझे पहचानती हो ?''

चन्द्रमुखी ने कहा—''हाँ, पहचानती हूँ।''

देवदास ने गाकर कहा—''और लोग तो भूल गये हैं, भाग्य यही है मैं पहचानूँ।''

इसके बाद वह गाड़ी पर सवार होकर और चन्द्रमुखी के कन्धे पर भार रख कर उसके घर आ पहुँचा। दरवाजे के पास खड़े हो कर देवदास ने अपनी जेब में हाथ डाल कर कहा—''सुन्दरी तुम मुझे रास्ते से उठा तो लायीं, पर मेरी जेब में

तो कुछ भी नहीं है।''

चन्द्रमुखी चुपचाप उसका हाथ खींचती हुई अन्दर ले गई और उसे बिस्तर पर लेटा कर बोली—''अच्छा, अब तुम सो जाओ।''

देवदास ने उसी प्रकार भारी गले से कहा—''कोई मतलब है क्या? पर मैंने तो पहले ही कह दिया है कि जेब खाली है, कुछ भी आशा नहीं! समझीं सुन्दरी।''

सुन्दरी पहले ही समझ चुकी थी। बोली—''अच्छा, कल दे देना।''

देवदास ने कहा—''इतना विश्वास करना तो अच्छा नहीं। क्या चाहती हो, साफ-साफ तो कहो।''

चन्द्रमुखी ने कहा, ''कल कहूँगी'' और वह पास वाले कमरे में चली गई!

जिस समय देवदास की नींद खुली, उस समय दिन चढ़ आया था। कमरे में कोई नहीं था।

चन्द्रमुखी स्नान करके नीचे रसोई की तैयारी करने गई थी। देवदास ने देखा, वह पहले कभी इस घर में नहीं आया है। वहाँ की एक भी चीज न पहचान सका। पिछली रात की कोई बात भी उसे याद नहीं आई, बस किसी की सेवा का स्मरण हो आया, किसी ने बहुत ही स्नेहपूर्वक लाकर सुला दिया है। उसी समय चन्द्रमुखी ने कमरे में प्रवेश किया। रात के साज-शृंगार में उसने अब बहुत-कुछ परिवर्तन कर लिया है। शरीर पर गहने जरूर हैं, लेकिन न तो रंगीन साड़ी है, न माथे पर बिन्दी है और न मुँह में पान की लाली। एक बहुत ही मामूली धोती पहने हुए वह उस कमरे में आयी। देवदास उसके मुँह की ओर देख कर हँस पड़ा—''कल कहाँ से डाका डाल कर मुझे ले आयीं।''

चन्द्रमुखी ने कहा—''डाका नहीं डाला, रास्ते में पड़ा पाया, सिर्फ उठा लाई हूँ।''

देवदास ने सहसा गम्भीर होकर कहा—''अच्छा, खैर, यह तो हुआ। लेकिन तुमने यह सब फिर क्या शुरू कर दिया? तुम्हारे शरीर पर तो गहने ही नहीं समाते। ये सब दिये किसने?''

चन्द्रमुखी ने देवदास की ओर तीव्र दृष्टि से देख कर कहा—''फिर!''

देवदास ने हँस कर कहा—''नहीं-नहीं, सो नहीं कहता; जरा मजाक करने में भी क्या हर्ज है? आयीं कब?''

चन्द्रमुखी ने कहा—''डेढ़ महीना हुआ।''

देवदास ने मन में ही कुछ हिसाब-सा लगाया। फिर कहा—''जब हमारे मकान पर गई थीं, उसके बाद ही आई हो?''

चन्द्रमुखी ने चकित हो कर पूछा—''तुम्हारे मकान पर गई थी—यह कैसे

मालूम हुआ ?''

देवदास ने कहा—''तुम्हारे जाने के बाद ही मैं मकान गया था। जो दासी तुम्हें भाभी के पास ले गई थी उसी से सुना कि कल अशथझूरी गाँव से एक स्त्री आई थी जो बहुत ही सुन्दरी थी। फिर समझने में बाकी क्या रह गया ? लेकिन इतने गहने फिर से क्यों बनवाये ?''

चन्द्रमुखी ने कहा—''बनवाये नहीं हैं, ये सब गिलट के हैं। कलकत्ते में आ कर खरीदे हैं। लेकिन देखो, तुम्हारे लिए फिर कितने रुपये बेकार खर्च करने पड़े! और तिस पर कल मुझे पहचान भी न सके !''

देवदास हँस पड़ा और बोला—''पहचान तो बिल्कुल न सका, लेकिन सेवा को पहचान गया! कई बार ध्यान आया कि मेरी चन्द्रमुखी को छोड़ कर इतनी सेवा और कौन कर सकता है !''

आनन्द के मारे चन्द्रमुखी का रोने को जी चाहने लगा। कुछ देर तक चुप रहने के बाद उसने कहा—''देवदास, अब तो मुझसे उतनी घृणा नहीं करते ?''

देवदास ने उत्तर दिया—''नहीं, बल्कि प्रेम करता हूँ।''

दोपहर को स्नान करने के समय चन्द्रमुखी ने देखा कि देवदास के पेट पर फलालैन का एक टुकड़ा बँधा हुआ है। उसने डर कर पूछा—''यह क्या ? तुमने फलालैन क्यों बाँधी है ?''

देवदास ने जवाब दिया—''पेट में कुछ दर्द-सा है। तुम इस तरह घबरा क्यों रही हो ?''

चन्द्रमुखी ने कपाल ठोंक कर कहा—''कहीं तुमने सर्वनाश तो नहीं कर डाला ? कलेजे में तो दर्द नहीं है ?''

देवदास ने कहा—''चन्द्रमुखी, जान पड़ता है कि वही हो गया है।''

उसी दिन डॉक्टर ने भी आ कर बहुत देर तक परीक्षा करके ठीक यही आशंका प्रकट की। दवा दी और जतलाया कि अगर पूरी सावधानी न रखी जाएगी तो बहुत अनिष्ट हो सकता है। मतलब दोनों ने ही समझ लिया। बासे पर खबर भेज कर धर्मदास को बुलाया गया। दवा-दारू के लिए रुपये मँगाये गये। दो दिन इसी तरह बीत गये। तीसरे दिन देवदास को ज्वर आ गया।

देवदास ने चन्द्रमुखी को बुला कर कहा—''बहुत अच्छे समय पर आ गयीं—नहीं तो फिर देख ही न पातीं।''

आँखें पोंछ कर चन्द्रमुखी जी-जान से सेवा करने लगी। उसने दोनों हाथ जोड़ कर प्रार्थना की—भगवान, मैंने स्वप्न में भी यह आशा नहीं की थी कि मैं ऐसे असमय में इनके इतने काम आऊँगी। लेकिन तुम देवदास को अच्छा कर दो।

लगभग एक मास से अधिक समय तक देवदास बिस्तर पर पड़ा रहा। इसके बाद वह धीरे-धीरे अच्छा होने लगा—बीमारी बहुत ज्यादा बढ़ न सकी।

एक दिन देवदास ने कहा—‘‘चन्द्रमुखी, तुम्हारा नाम बहुत बड़ा है। पुकारने में हमेशा दिक्कत होती है। मैं उसे जरा छोटा कर लेना चाहता हूँ।’’

चन्द्रमुखी ने कहा—‘‘यह तो बहुत अच्छी बात है।’’

देवदास बोला—‘‘अच्छा तो फिर आज से मैं तुम्हें ‘बहू’ कह कर पुकारा करूँगा।’’

चन्द्रमुखी हँस पड़ी। बोली—‘‘माना कि इस नाम से पुकारोगे, लेकिन इसका कुछ मतलब भी तो होना चाहिए?’’

‘‘क्या सभी बातों का मतलब हुआ करता है? यह मेरी साध है।’’

‘‘अगर साध है तो पुकारा करो। लेकिन क्या यह न बतलाओगे कि यह साध क्यों हुई?’’

‘‘नहीं, तुम कभी इसका कारण पूछ भी न सकोगी।’’

चन्द्रमुखी ने सिर हिला कर कहा—‘‘अच्छा, ऐसा ही सही।’’

देवदास बहुत देर तक चुप रहा। फिर सहसा गम्भीर भाव से पूछ बैठा—‘‘अच्छा बहू, तुम मेरी कौन हो जो इतनी जी-जान से सेवा कर रही हो?’’

चन्द्रमुखी शरमा कर सिर झुकाने वाली वधू भी नहीं थी और भोली बच्ची भी नहीं जो बोलना न जानती हो। वह देवदास के चेहरे की तरफ स्थिर और शान्त दृष्टि डाल कर कहने लगी—‘‘क्या तुम अब भी यह समझ नहीं सके हो कि तुम मेरे सर्वस्व हो?’’

देवदास दीवार की तरफ देख रहा था। उसी तरफ नजर किये धीरे से कहने लगा—‘‘सो तो समझ सका हूँ; लेकिन इसमें वैसा आनन्द नहीं पाता। मैं पार्वती को कितना चाहता हूँ, वह भी मुझे कितना चाहती है, लेकिन फिर भी उसे कितना कष्ट है! बहुत-सा दुख पाकर सोचा था कि फिर कभी इन सब फन्दों में नहीं फँसूँगा और अपनी इच्छा से फँसा भी नहीं। लेकिन तुमने ऐसा क्यों किया? मुझे जबरदस्ती क्यों बाँध लिया?’’ इसके बाद कुछ देर तक फिर चुप रह कर उसने कहा—‘‘बहू, शायद तुम भी पार्वती की ही तरह कष्ट पाओगी।’’

चन्द्रमुखी आँचल से मुँह ढँक कर पलँग के एक किनारे चुपचाप बैठी रही।

देवदास ने फिर कोमल स्वर से कहना शुरू किया—‘‘तुम दोनों में परस्पर कितना अन्तर है, फिर भी कितनी समानता है! एक आत्माभिमानिनी और उद्धत है; और दूसरी कितनी शान्त और कितनी संयत है! वह कुछ भी सहन नहीं कर सकती और तुम कितना सहन करती हो! उसका कितना यश और कितना नाम है

और तुम पर कितना कलंक है ! उससे सभी प्रेम करते हैं और तुमसे कोई प्रेम नहीं करता ! तो भी मैं तो तुमसे प्रेम करता हूँ ही।''

इसके बाद देवदास ने एक ठंडी साँस लेकर कहा—''मैं यह तो नहीं जानता कि पाप और पुण्य के विचारकर्ता तुम्हारा क्या विचार करेंगे; लेकिन अगर मृत्यु के उपरान्त फिर मिलना हो तो मैं कभी तुमसे दूर नहीं रह सकूँगा।''

चन्द्रमुखी ने चुपचाप रोते-रोते अपनी छाती आँसुओं से भिगो डाली। वह मन-ही-मन प्रार्थना करने लगी—भगवान, अगर किसी समय किसी जन्म में इस पापिष्ठा के पापों का प्रायश्चित्त हो तो मुझे यही पुरस्कार देना !

लगभग दो महीने बीत गये हैं। देवदास आरोग्य-लाभ कर चुका है, लेकिन उसका शरीर पूरी तरह से अच्छा नहीं हुआ है, आबो-हवा बदलना ज़रूरी है। वह कल पश्चिम की ओर घूमने जायेगा। उसके साथ केवल धर्मदास रहेगा।

चन्द्रमुखी पकड़ कर बैठ गई—''आखिर तुम्हें एक दासी की भी तो आवश्यकता होगी, मुझे भी साथ चलने दो।''

देवदास ने कहा—''छी:, यह नहीं हो सकता। और चाहे जो करूँ, इतना अधिक निर्लज्ज नहीं हो सकता।''

चन्द्रमुखी बिल्कुल चुप हो गई। वह नादान नहीं थी, इसलिए सहज में समझ गई। और चाहे जो हो, लेकिन इस संसार में उसका सम्मान नहीं है। उसके संस्पर्श से देवदास सुख पायेगा, लेकिन कभी सम्मान नहीं पा सकता। उसने आँसू पोंछ कर पूछा—''अब कब दर्शन पाऊँगी ?''

देवदास ने कहा—''कुछ कह नहीं सकता। लेकिन, अगर जीता रहूँगा तो तुम्हें कभी नहीं भूलूँगा। तुम्हें देखने की तृष्णा कभी न मिटेगी।''

प्रणाम करके चन्द्रमुखी हट कर खड़ी हो गई और बोली—''मेरे लिए यही बहुत है। मैं इससे अधिक की आशा नहीं करती।''

चलते समय देवदास ने और दो हजार रुपये चन्द्रमुखी के हाथ में दे कर कहा—''इन्हें रखो। मनुष्य के शरीर का तो विश्वास नहीं, अन्त में क्या तुम मँझधार में डूबोगी ?''

चन्द्रमुखी ने यह भी समझा, इसलिए हाथ बढ़ा कर रुपये ले लिये। फिर उसने आँखें पोंछ कर कहा—''एक बात मुझे बतलाते जाओ।''

देवदास ने उसके मुँह की ओर देख कर पूछा—''क्या ?''

चन्द्रमुखी ने कहा—''बड़ी बहू ने कहा था कि तुम्हारे शरीर में बुरा रोग लग गया है, सो क्या ठीक है ?''

प्रश्न सुन कर देवदास दुखी हुआ। उसने कहा—''बड़ी बहू सब-कुछ कह सकती हैं; लेकिन अगर वह होता तो क्या तुम्हें पता नहीं लगता ? मेरी ऐसी कौन-सी बात है जो तुम नहीं जानतीं ? एक बात में तो तुम पार्वती से भी बढ़ कर हो।''

चन्द्रमुखी ने फिर आँखें पोंछ कर कहा—''चलो, खैरियत हुई, जान बची। लेकिन फिर भी बहुत सावधानी से रहना। एक तो तुम्हारा शरीर यों ही खराब है। तिस पर देखो, किसी दिन कहीं भूल न कर बैठना।''

इसके उत्तर में देवदास सिर्फ हँसा; कुछ बोला नहीं।

चन्द्रमुखी ने कहा—''एक भिक्षा और माँगती हूँ। अगर तुम्हारा शरीर जरा भी खराब हो तो मुझे खबर दोगे न ?''

देवदास ने उसके मुँह की ओर देख कर और सिर हिला कर कहा—''दूँगा क्यों नहीं बहू ?''

फिर एक बार प्रणाम करके चन्द्रमुखी रोती हुई दूसरे कमरे में चली गयी।

सोलहवाँ परिच्छेद

कलकत्ता छोड़ने के बाद देवदास ने कुछ दिनों तक इलाहाबाद में निवास किया था। तभी उसने अचानक एक दिन चन्द्रमुखी को पत्र लिखा था—''बहू, मैंने सोचा था कि अब मैं कभी प्रेम न करूँगा। एक तो प्रेम करके खाली हाथ लौट आना ही बहुत कष्टदायक होता है, तिस पर किसी को अपना कर प्रेम करने के प्रयत्न के समान विडम्बना इस संसार में और कोई नहीं है।''

इसके उत्तर में चन्द्रमुखी ने क्या लिखा था, यह जानना जरूरी नहीं है। लेकिन उन दिनों देवदास को बार-बार खयाल आता था कि अगर वह एक बार आ जाय तो कैसा हो ? फिर तुरन्त ही डरता हुआ सोचता कि नहीं, नहीं, जरूरत नहीं— अगर पार्वती को पता लग गया ! इस तरह बारी-बारी से एक बार पार्वती और एक बार चन्द्रमुखी उसके हृदय-राज्य में निवास करती। कभी-कभी उसके हृदय-पट पर इन दोनों के ही मुख पास-पास चित्रित हो जाते—मानो दोनों में परस्पर बहुत स्नेह हो गया है।

उसके मन में दोनों ही पास-पास विराजतीं। कभी-कभी तो बिलकुल अचानक ही उसे ऐसा जान पड़ता कि वे दोनों ही सो गयी हैं। उस समय उसका मन इतना सूना हो जाता कि सिर्फ एक निर्जीव अतृप्ति ही उसके मन में मिथ्या प्रतिध्वनि की

तरह घूमती-फिरती। उसके बाद देवदास लाहौर चला गया। वहाँ चुन्नी लाल कोई काम-काज करता था। खबर पाने पर वह मिलने के लिए आया। बहुत दिनों के बाद दोनों मित्र एक-दूसरे को देख कर लज्जित हुए और सुखी भी हुए। उसकी संगत में देवदास फिर शराब पीने लगा। उसे चन्द्रमुखी का ध्यान आता कि उसने शराब पीने के लिए मना कर दिया था। उसे ध्यान आता कि उसमें कितनी अधिक बुद्धि है! वह कितनी शान्त और धीर है! और वह कितना स्नेह करती है! पार्वती इस समय सो गयी थी—केवल बुझती हुई दीपशिखा की तरह कभी-कभी जल उठती। लेकिन लाहौर का जलवायु देवदास को सहन नहीं हुआ। बीच-बीच में तबीयत खराब हो जाती। पेट के पास फिर मानो कुछ दर्द-सा जान पड़ता। धर्मदास ने एक दिन रोते हुए कहा—''देवता, तुम्हारा शरीर फिर खराब हो रहा है, और कहीं चलो।''

देवदास ने अनमनेपन से उत्तर दिया—''अच्छा चलो।''

देवदास अमूमन अपने डेरे पर शराब नहीं पीता था। चुन्नी लाल के आने पर किसी दिन पीता था, किसी दिन बाहर चला जाता था। जब रात बीतने को होती तब घर लौट आता और किसी-किसी रोज बिल्कुल ही नहीं आता था। आज अचानक दो दिन से उसकी शकल ही नहीं दिखाई दी। रो-रो कर धर्मदास ने अन्न-जल तक का स्पर्श नहीं किया। तीसरे दिन देवदास बुखार ले कर घर लौटा। बिस्तर पर पड़ गया और उठ न सका। तीन-चार डॉक्टर आ कर उसकी चिकित्सा करने लगे।

धर्मदास ने कहा—''देवता, काशी में माँ के पास खबर भेजे देता हूँ।''

देवदास ने जल्दी से बीच में ही रोक कर कहा—''छी: छी:, भला माँ को मैं यह मुँह दिखला सकता हूँ!''

धर्मदास ने प्रतिवाद किया—''रोग-शोक तो सभी के साथ लगे हैं। लेकिन क्या इसलिए इतनी बड़ी विपत्ति के समय माँ से भी मुँह छिपाना चाहिए? देवता, तुम्हारे लिए कोई लज्जा की बात नहीं है, काशी चलो।''

देवदास ने मुँह फेर कर कहा—''नहीं धर्मदास, मैं ऐसे समय उनके पास नहीं जा सकूँगा। पहले अच्छा हो लूँ, तब चलूँगा।''

धर्मदास ने एक बार सोचा कि चन्द्रमुखी का जिक्र करूँ। लेकिन वह स्वयं ही उससे इतनी अधिक घृणा करता था कि उसका ध्यान आते ही वह चुप हो गया।

खुद देवदास को भी अक्सर उसकी याद आती थी, लेकिन उसे कुछ कहने की इच्छा नहीं होती। इसलिए कोई भी न आया। इसके बाद कुछ दिनों में वह धीरे-धीरे अच्छा होने लगा। एक दिन वह उठ कर बैठ गया और बोला—''चलो धर्मदास, अब और कहीं चलें।''

''भइया और कहीं चलने की जरूरत नहीं। अब या तो घर चलो और या

माँ के पास चलो।''

सब सामान बाँध कर और चुन्नी लाल से विदा लेकर देवदास फिर इलाहाबाद आ पहुँचा। शरीर बहुत कुछ अच्छा था। कुछ दिनों तक वहाँ रहने के बाद एक दिन उसने धर्मदास से कहा—''धर्म, किसी नई जगह क्यों न चला जाय? कभी बम्बई नहीं देखी, चलोगे?''

देवदास का आग्रह देख कर इच्छा न होने पर भी धर्मदास ने चलने की राय दे दी। जेठ का महीना था। बम्बई में उतनी ज्यादा गरमी नहीं पड़ती। वहाँ पहुँच कर देवदास का शरीर और भी अच्छा हो गया।

धर्मदास ने पूछा—''अब घर क्यों न चला जाय?''

देवदास ने कहा—''नहीं, बहुत मजे में हूँ। यहीं और कुछ दिन तक रहूँगा।''

एक बरस बीत गया। भादों के महीने में एक दिन सबेरे धर्मदास के कन्धे का सहारा ले कर देवदास बम्बई के एक अस्पताल से निकला और अपने डेरे पर आ कर बैठा। धर्मदास ने कहा—''देवता, मैं तो कहता हूँ कि अब माँ के पास चलना ही ठीक है।''

देवदास की आँखों में जल भर आया। आज कई दिनों से उसे केवल माँ ही याद आ रही है। अस्पताल में पड़े-पड़े वह प्रायः यही सोचता रहा है कि इस संसार मेरे सभी हैं, फिर भी कोई नहीं है। मेरी माँ हैं, बड़े भाई हैं, बहन से भी बढ़ कर पार्वती है, चन्द्रमुखी भी है। उसके सभी हैं, लेकिन वह किसी का नहीं है। धर्मदास भी उस समय रो रहा था, बोला—''तो फिर क्यों भइया, माँ के पास चलना ही ठीक हुआ न?''

देवदास ने मुँह फेर कर आँसू पोंछे और कहा—''नहीं धर्मदास, माँ को मुँह दिखलाने की इच्छा नहीं होती। मुझे अब भी जान पड़ता है कि वह समय नहीं आया है।''

वृद्ध धर्मदास बिलख-बिलख कर रोने लगा और बोला—''भइया, माँ तो अब भी जीतीं हैं!''

इस बात ने कितना भाव प्रकाशित किया, अन्तर में दोनों ने ही उसका अनुभव किया। देवदास की अवस्था बहुत ही खराब हो गई है। सारा पेट तिल्ली और जिगर से भर गया है और उस पर बुखार और खाँसी भी है। रंग गहरा काला हो गया है। शरीर हड्डियों का ढाँचा भर रह गया है। आँखें बिल्कुल धँस गई हैं—बस एक अजीब-सी अस्वाभाविक उज्ज्वलता से चमक रही हैं। सिर के बाल रूखे और सीधे हो

गये हैं, जो प्रयत्न करने पर शायद गिने भी जा सकें। हाथों की उँगलियों की तरफ देखने से घृणा होती है—एक तो सूखी हुईं, तिस पर दाग-धब्बों से दूषित। स्टेशन पहुँचने पर धर्मदास ने पूछा—‘‘देवता, कहाँ का टिकट लूँ ?’’

देवदास ने कुछ सोच-समझ कर कहा—‘‘चलो, घर चलें। उसके बाद देखा जायेगा।’’

गाड़ी का समय आने पर वे हुगली का टिकट खरीद कर सवार हो गये। धर्मदास देवदास के पास ही रहा। सन्ध्या से कुछ पहले ही देवदास की आँखें जलने लगीं और उसे फिर ज्वर हो आया। उसने धर्मदास को बुला कर कहा—‘‘धर्मदास, घर पहुँचना भी शायद कठिन होगा।’’

धर्मदास ने डरते हुए पूछा—‘‘क्यों भइया ?’’

देवदास ने हँसने की कोशिश करते हुए इतना ही कहा—‘‘धर्मदास, मुझे फिर ज्वर हो आया है।’’

गाड़ी जिस समय काशी के रास्ते से आगे बढ़ी, उस समय देवदास ज्वर में बेहोश पड़ा था। पटना के पास पहुँचने पर उसे कुछ होश हुआ। उसने कहा— ‘‘देखा धर्मदास, माँ के पास पहुँचना तो सचमुच ही न हो सका।’’

धर्मदास ने कहा—‘‘चलो भइया, हम लोग पटने में उतर कर किसी डाक्टर को दिखला लें।’’

उत्तर में देवदास ने कहा—‘‘नहीं, रहने दो, चलो हम लोग घर ही चलें।’’

गाड़ी जिस समय पांडुआ स्टेशन पर पहुँची, उस समय तड़का हो गया था। सारी रात पानी बरस कर अब बन्द हो गया है। देवदास उठ कर खड़ा हो गया। नीचे धर्मदास सोया हुआ है। उसने धीरे से एक बार उसका माथा छुआ; लेकिन मारे लज्जा के जगा न सका। इसके बाद दरवाजा खोल कर वह धीरे से बाहर निकल आया। गाड़ी सोये हुए धर्मदास को लेकर आगे बढ़ गई। देवदास काँपता हुआ स्टेशन के बाहर निकला। एक घोड़ा-गाड़ी के गाड़ीवान को बुला कर कहा—‘‘क्यों भाई, हाथीपोता ले चलोगे ?’’

गाड़ीवान ने एक बार मुँह की ओर देखा और एक बार इधर-उधर देखा। इसके बाद कहा—‘‘नहीं बाबू जी, रास्ता अच्छा नहीं है। इस बरसात में घोड़ा-गाड़ी वहाँ न जा सकेगी।’’

देवदास ने उद्विग्न होकर पूछा—‘‘पालकी मिलेगी ?’’

गाड़ीवान ने कहा—‘‘नहीं।’’

आशंका के कारण देवदास वहीं बैठ गया—तो क्या वहाँ जाना न हो सकेगा। उसके मुख पर ही उसकी अन्तिम अवस्था गाढ़ रूप से अंकित थी जिसे एक अन्धा

भी पढ़ सकता था।

गाड़ी वाले ने दया करते हुए पूछा—''बाबू जी, कोई बैलगाड़ी ठीक कर दूँ?''

देवदास ने पूछा—''कितनी देर में पहुँचेगी।''

गाड़ीवान ने कहा—''बाबू जी, रास्ता ठीक नहीं है। शायद दो दिन लग जायेंगे।''

देवदास मन-ही-मन हिसाब करने लगा, क्या दो दिन तक मैं जीता रहूँगा? लेकिन पार्वती के पास तो जाना ही होगा। उसे बहुत दिनों की बहुत-सी झूठी बातें और बहुत-सा नकली व्यवहार याद हो आया। लेकिन आखिरी बार का वह वादा तो सच करना ही होगा। चाहे जिस तरह हो, एक बार उससे अन्तिम भेंट करनी ही होगी। लेकिन इस जीवन की मियाद तो और अधिक बाकी नहीं है! यही तो बड़े भारी डर की बात है!

जिस समय देवदास बैलगाड़ी पर बैठा, उस समय माँ की याद हो आने पर उसकी आँखों से आँसू फूट निकले और स्नेह से कोमल एक और मुख आज जीवन के इस अन्तिम क्षण में अत्यन्त पवित्र होकर दिख पड़ा—वह मुख था चन्द्रमुखी का। पापिष्ठा समझ कर जिससे हमेशा घृणा की है, आज उसी की छवि अपनी माता के पास साफ-साफ देख कर उसकी आँखों से झर-झर आँसू बहने लगे। इस जन्म में उससे भेंट न होगी; और शायद बहुत दिनों तक तो वह खबर भी न पा सकेगी। फिर भी पार्वती के पास ही चलना होगा। देवदास ने शपथ की थी कि एक बार अवश्य भेंट करूँगा। आज वह प्रतिज्ञा पूरी करनी ही होगी। रास्ता अच्छा नहीं है। रास्ते में कहीं बरसात का जल जमा है और कहीं रास्ता ही टूट गया है। कीचड़ से सारा रास्ता भरा हुआ है। बैलगाड़ी धीरे-धीरे चलने लगी। कहीं गाड़ीवान को उतर कर पहिया ढकेलना पड़ता है और कहीं दोनों बैलों पर निर्दयतापूर्वक प्रहार करना पड़ता है। चाहे जिस तरह हो, वह सोलह कोस रास्ता तै करना ही होगा। हू-हू करती हुई ठंडी हवा चल रही है। आज भी उसे सन्ध्या के बाद बहुत जोर से बुखार चढ़ आया। उसने डरते हुए पूछा—''गाड़ीवान, अभी और कितना रास्ता बाकी है?''

गाड़ीवान ने कहा—''बाबूजी, अब भी आठ-दस कोस है।''

''जल्दी चलो भइया, तुम्हें बहुत इनाम दूँगा।''

जेब में सौ रुपये का एक नोट था। उसे ही दिखा कर कहा—''सौ रुपये दूँगा। जल्दी ले चलो।''

इसके बाद देवदास को इस बात का पता भी न चल सका कि वह सारी

रात कैसे और किधर से हो कर बीती। वह बिल्कुल बेसुध और बेहोश पड़ा रहा। सबेरे होश आने पर पूछा—''अरे, अभी और कितनी दूर है ? क्या यह खतम ही न होगा ?''

गाड़ीवान ने कहा—''अभी छ: कोस और है ?''

देवदास ने ठंडी साँस ले कर कहा—''जरा जल्दी चलो भइया, अब समय नहीं है।''

गाड़ीवान कुछ भी न समझ सका, लेकिन नये उत्साह से बैलों को मारता और गाली-गलौज करता हुआ बढ़ने लगा। गाड़ी जी-जान से चल रही थी और अन्दर देवदास छटपटा रहा था। वह केवल यही सोचता था कि भेंट होगी तो ? मैं पहुँच तो जाऊँगा ? दोपहर के समय गाड़ी रोक कर गाड़ीवान ने बैलों को कुछ चारा दिया और खुद भी कुछ खा कर फिर बैठ गया। उसने पूछा—''बाबू जी, आप कुछ नहीं खायेंगे ?''

''नहीं भाई, लेकिन मुझे प्यास बहुत लगी है। जरा पानी पिला सकते हो ?''

उसने रास्ते के पास ही के एक तालाब से थोड़ा-सा पानी ला दिया। शाम के बाद ज्वर के साथ देवदास की नाक में से बूँद-बूँद करके खून गिरने लगा। उसने खूब जोर से नाक दबा ली। इसके बाद जान पड़ा कि दाँतों के पास से खून बाहर निकल रहा है, साँस भी शायद रुकने लगी है। उसने हाँफते हुए पूछा—''अब और कितनी दूर है ?''

गाड़ीवान ने कहा—''अब दो कोस और होगा। रात के दस बजे तक पहुँच जायेंगे।''

देवदास ने बहुत ही कष्ट से सिर उठा कर रास्ते की तरफ देखा—भगवन्!

गाड़ीवान ने पूछा—''बाबू जी, आप ऐसे क्यों कर रहे हैं ?''

देवदास इस बात का जवाब भी न दे सका। गाड़ी चलने लगी, लेकिन रात को दस बजे न पहुँच कर करीब बारह बजे हाथीपोता के जमींदार के मकान के सामने पीपल के तले पहुँच कर खड़ी हो गई।

गाड़ीवान ने पूछ कर कहा—''बाबूजी, उतर आइए !''

कोई उत्तर नहीं। फिर पुकारा, लेकिन फिर भी कोई उत्तर नहीं। तब वह डर कर लालटेन मुँह के पास ले गया—''बाबू जी, क्या सो गये ?''

देवदास देख रहा है, उसने होंठ हिला कर कुछ कहा, लेकिन कोई शब्द न निकला। गाड़ीवान ने फिर पुकारा—''ओ बाबू जी !''

देवदास ने हाथ उठाना चाहा, लेकिन वह न उठ सका। हाँ, उसकी आँखों के कोने से दो बूँद आँसू गिर पड़े। गाड़ीवान ने तब अक्ल खर्च करके, पीपल के

नीचे बने हुए पक्के थाले पर कुछ घास-पात बिछा कर एक बिछौना तैयार कर दिया और इसके बाद बहुत कष्ट से देवदास को उठा कर उसी पर ला सुलाया। बाहर कोई नहीं है; जमींदार का मकान निस्तब्ध और सोया हुआ है। देवदास ने बहुत कष्ट से जेब में से सौ रुपये का नोट निकाल कर दे दिया। लालटेन की रोशनी में गाड़ीवान ने देखा कि बाबू साहब उसकी तरफ देख रहे हैं, लेकिन कुछ कह नहीं सकते हैं। उसने अवस्था का अनुमान करके नोट अपनी चादर के पल्ले में बाँध लिया। देवदास छाती तक शाल से लिपटा हुआ है, सामने लालटेन जल रही है और नया मित्र पैरों के पास बैठा हुआ सोच रहा है।

सबेरा हुआ। उस समय जमींदार के मकान से कुछ लोग बाहर निकले। उन्होंने एक आश्चर्यजनक दृश्य देखा। पेड़ के नीचे एक आदमी मर रहा है—भला आदमी! बदन पर शाल है, पैरों में बहुत बढ़िया चमचमाते जूते और हाथ में अँगूठी है। एक-एक करके बहुत-से लोग जमा हो गये। धीरे-धीरे भुवन बाबू के कानों तक यह बात पहुँची। एक आदमी से डॉक्टर को बुला लाने के लिए कह कर वे स्वयं आ पहुँचे। देवदास ने सभी लोगों की तरफ देखा, लेकिन उसका गला रुँध गया था। वह मुँह से एक बात भी न कह सका। बस, उसकी आँखों से जल बहने लगा। गाड़ीवान जो कुछ जानता था, वह सब उसने कह सुनाया। लेकिन उससे किसी खास बात का पता न चला। डॉक्टर ने आकर देखा और कहा—''उर्ध्व श्वास चल रहा है। अभी मर जायगा।''

सभी लोगों ने कहा—हाय हाय!

ऊपर बैठी हुई पार्वती ने भी यह कहानी सुन कर कहा—हाय हाय।

एक आदमी दया करके उसके मुँह में थोड़ा-सा जल दे गया। देवदास ने एक बार करुण दृष्टि से उसकी ओर देखा और उसके बाद आँखें बन्द कर लीं। कुछ देर तक और भी साँस लेता रहा। लेकिन उसके बाद सभी बातों का अन्त हो गया। अब यह तर्क होने लगा कि इसका दाह कौन करेगा, इसे कौन छुएगा और यह कौन जात है? भुवन बाबू ने पास के थाने में खबर भेजी। इन्स्पेक्टर आ कर जाँच करने लगा। तिल्ली और जिगर के कारण मृत्यु हुई है, नाक और मुँह में खून के दाग हैं। जेब से दो पत्र निकले। एक में तालसोनापुर के द्विजदास मुकर्जी ने बम्बई के देवदास को लिखा था—अभी रुपये नहीं भेजे जा सकते।

दूसरे पत्र में काशी की हरिमती देवी ने देवदास मुकर्जी को लिखा है—अब तुम्हारी तबीयत कैसी है?

बायें हाथ पर अंग्रेजी में नाम के पहले अक्षर गुदे हैं—डी.डी.। इन्स्पेक्टर साहब ने जाँच करके कहा—''हाँ, यह आदमी देवदास ही है।''

हाथ में नीलम की एक अँगूठी—दाम करीब डेढ़-सौ रुपया, बदन पर एक जोड़ी शाल, दाम करीब दो-सौ रुपये। इसके सिवा कोट, धोती आदि सभी चीजें लिख लीं। चौधरी महाशय और महेन्द्रनाथ दोनों ही उपस्तित थे। तालसोनापुर नाम सुन कर महेन्द्रनाथ ने कहा—''यह तो छोटी माँ के मैके का आदमी है। वे अगर देखें...''

चौधरी महाशय ने बिगड़ कर कहा—''वे क्या यहाँ मुरदे की शिनाख्त करने आयेंगी ?''

दारोगा ने हँसते हुए कहा—''पागल और किसे कहते हैं !''

ब्राह्मण की लाश होने पर भी गाँव-देहात में कोई उसे छूने को राजी नहीं हुआ। इसलिए चाण्डाल आ कर उसे उठा ले गये। उन लोगों ने किसी सूखे हुए ताल के किनारे अधजला करके फेंक दिया। कौवे और गिद्ध आ कर उस पर बैठ गये, गीदड़ और कुत्ते उस शव के लिए आपस में लड़ाई-झगड़ा करने लगे। तो भी जिस किसी ने सुना, यही कहा—हाय हाय। दासियाँ और नौकर-चाकर भी आपस में बातें करने लगे—हाय हाय। भला आदमी था। दो सौ रुपये का शाल था! डेढ़ सौ रुपये की अँगूठी थी! वे सब चीजें अब दारोगा के पास हैं। ये दोनों चिट्ठियाँ भी उसी ने अपने पास रख ली हैं।

यह खबर सबेरे ही पार्वती के कानों तक पहुँच गई; लेकिन आजकल वह किसी बात पर अच्छी तरह ध्यान नहीं दे सकती, इसलिए इस मामले को ठीक-ठीक नहीं समझ सकी। लेकिन जब सभी लोगों के मुँह पर यह बात चढ़ गई तब पार्वती ने भी विशेष रूप से सुनी और सन्ध्या से कुछ पहले एक दासी को बुला कर पूछा—''क्या हुआ है री ? कौन मरा है ?''

दासी ने कहा—''हाय हाय! बहू जी, कोई भी तो नहीं जानता। पूर्व जन्म की मिट्टी खरीदी हुई थी, इसीलिए यहाँ केवल मरने को आया था। इस जाड़े-पाले में रात से ही पड़ा हुआ था। आज सवेरे नौ बजे मरा है।''

पार्वती ने लम्बी साँस ले कर पूछा—''हाय हाय! कुछ भी पता नहीं चला कि कौन था ?''

दासी ने कहा—''बहू जी, महेन्द्र बाबू जानते हैं, मैं इतना नहीं जानती।''

महेन्द्र बुलाया गया। उसने आ कर कहा—''तुम्हारे ही यहाँ के देवदास मुकर्जी थे।''

पार्वती ने महेन्द्र के बहुत पास खिसक कर उसे तीखी नज़र से देखते हुए पूछा—''कौन, देव दा ? कैसे जाना ?''

''जेब में दो चिट्ठियाँ थीं ? एक द्विजदास मुकर्जी की लिखी हुई थी...''

पार्वती ने रोक कर कहा—''हाँ, उसके बड़े भाई।''

''और एक काशी की हरिमती देवी की लिखी हुई थी...''

''हाँ, वे माँ हैं।''

''हाथ में गोदने का नाम लिखा हुआ था...''

''पहले कलकत्ते गये थे, तब वहाँ लिखवाया था।''

''नीलम की एक अँगूठी थी...''

''हाँ, जनेऊ के समय ताया जी ने उन्हें दी थी। मैं जाती हूँ...''

यह कहती-कहती पार्वती दौड़ी हुई नीचे की तरफ बढ़ी।

महेन्द्र ने हत-बुद्धि हो कर पूछा—''अरी माँ, कहाँ जा रही हो ?''

''देव दा के पास।''

''वे तो अब नहीं हैं। उन्हें तो डोम उठा ले गये।''

''अरी, मइया री मइया!'' कहती हुई पार्वती रोती हुई दौड़ी। महेन्द्र ने दौड़ कर सामने रास्ता रोक कर कहा—''तुम क्या पागल हो गई हो माँ, कहाँ जाओगी ?''

पार्वती ने महेन्द्र की ओर देख कर कहा—''महेन्द्र, क्या सचमुच तुमने मुझे पागल समझ लिया है ? रास्ता छोड़ो।''

उसकी आँखों को देख कर महेन्द्र ने रास्ता छोड़ दिया और वह चुपचाप पीछे-पीछे चलने लगा। पार्वती बाहर निकल गई। उस समय बाहर नायब गुमाश्ते काम कर रहे थे। उन्होंने देखा। चौधरी महाशय ने चश्मे के ऊपर से देख कर पूछा—''कौन जा रहा है ?''

महेन्द्र ने कहा—''छोटी माँ।''

''यह क्या ? कहाँ जाती हैं ?''

महेन्द्र ने कहा—''देवदास को देखने!''

भुवन चौधरी चिल्ला उठे—''क्या तुम सब लोग पागल हो गये हो! पकड़ो, पकड़ो, पकड़ लाओ। पागल हो गई हैं। ओ महेन्द्र! ओ छोटी बहू!''

इसके बाद दासी-चाकरों ने मिल कर धर-पकड़ करके पार्वती का मूर्छित शरीर खींच कर घर के अन्दर ला रखा। दूसरे दिन मूर्छा तो दूर हो गई, लेकिन वह बोली-चाली कुछ भी नहीं। एक दासी को बुला कर सिर्फ इतना ही पूछा—''रात को आये थे न ? सारी रात वहीं थे ?''

इसके बाद पार्वती फिर चुप हो गई।

इसके बाद पार्वती का क्या हाल हुआ और वह किस तरह है, सो नहीं मालूम; जानने

की इच्छा भी नहीं होती। सिर्फ देवदास के लिए बहुत ही दुःख हो रहा है। तुम लोगों में से जो कोई यह कहानी पढ़ेगा, वह भी शायद हमारी ही तरह दुखी होगा। तो भी अगर कभी देवदास सरीखे किसी अभागे असंयमी और पापी के साथ तुम्हारा परिचय हो तो उसके लिए कुछ प्रार्थना करना। प्रार्थना यह करना कि और चाहे जो हो, लेकिन उसकी तरह किसी की मृत्यु न हो। मरने में तो कोई हर्ज नहीं है। लेकिन ऐसा हो कि उस समय एक स्नेहपूर्ण हाथ का स्पर्श उसके माथे तक पहुँचे और एक करुणार्द्र स्नेहपूर्ण मुख देखते-देखते इस जीवन का अन्त हो। मरने के समय वह किसी की आँखों का एक बूँद जल देख कर मर सके।

❑❑❑